诗歌名家星座

二人颂

汤养宗 著

陕西新华出版
太白文艺出版社·西安

图书在版编目（CIP）数据

三人颂 / 汤养宗著. -- 西安：太白文艺出版社，2021.8（2023.6重印）
（当代诗歌名家星座 / 李少君主编）
ISBN 978-7-5513-1976-8

Ⅰ.①三… Ⅱ.①汤… Ⅲ.①诗集－中国－当代 Ⅳ.①I227

中国版本图书馆CIP数据核字(2021)第144860号

三人颂
SAN REN SONG

作　　者	汤养宗
责任编辑	蔡晶晶
封面设计	郑江迪
版式设计	新纪元文化传播
出版发行	太白文艺出版社
经　　销	新华书店
印　　刷	三河市同力彩印有限公司
开　　本	889mm×1194mm　1/32
字　　数	130千字
印　　张	8.875
版　　次	2021年8月第1版
印　　次	2023年6月第2次印刷
书　　号	ISBN 978-7-5513-1976-8
定　　价	50.00元

版权所有　翻印必究
如有印装质量问题，可寄出版社印制部调换
联系电话：029-81206800
出版社地址：西安市曲江新区登高路1388号（邮编：710061）
营销中心电话：029-87277748　029-87217872

《当代诗歌名家星座》序言

冯友兰先生在《国立西南联合大学纪念碑碑文》中说："我国家以世界之古国，居东亚之天府，本应绍汉唐之遗烈，作并世之先进，将来建国完成，必于世界历史居独特之地位。盖并世列强，虽新而不古；希腊罗马，有古而无今。惟我国家，亘古亘今，亦新亦旧，斯所谓'周虽旧邦，其命维新'者也！"

创新，一直是中国文化的使命。创新，也是中国文化的天命。中国自古以来是"诗国"，汉赋唐诗宋词元曲，艺术的创新总是与时俱进的。百年新诗，就是创新的成果。没有创新，就没有新诗。

"创造性转化，创新性发展"，我的理解就是创新与建构是相辅相成的。创新和建构并不矛盾，创新要转化为建设性力量，并保持可持续性，就需要建构。建构，包含着对传统的尊重和吸收，而不是彻底否定和破坏颠覆。创新，有助于建构，使之具有稳定性。而只有以建构为目的的创新，才不是破坏性的，才是真正具有积极力量的，可以转化为新的时代的能量和动力。

众所周知，诗歌总是从个体出发的，但个体最终要与群体共振，才能被群体感知。诗歌是时代精神的象征，真正投身于时代的诗人，其个体的主体性和民族国家的主体性、人类理想和精神的主体性，就会合而为一，就会成为时代精神的代言人。伟大的诗歌，一定是古今融合、新旧融合、中西融合的集合体。杜甫就曾创造了这样的典范。

杜甫是一个有天地境界的人。在个人陷于困境时，在逃难流亡时，杜甫总能推己及人，联想到普天之下那些比自己更加困苦的人们。在杜甫著名的一首诗《茅屋为秋风所破歌》里，杜甫写到自己陋室的茅草被秋风吹走，又逢风云变化，大雨淋漓，床头屋漏，长夜沾湿，一夜凄风苦雨无法入眠。但诗人没有自怨自艾，而是由自己的境遇，联想到天下千千万万的百姓也处于流离失所的境地。诗人抱着牺牲自我成全天下人的理想呼唤"安得广厦千万间，大庇天下寒士俱欢颜，风雨不动安如山"，"何时眼前突兀见此屋，吾庐独破受冻死亦足！"。这是何等伟大的胸襟！何等伟大的情怀！杜甫也因此被誉为"诗圣"。

"文章合为时而著，歌诗合为事而作。"杜甫无疑是中国诗歌历史的高峰。每一代诗歌有每一代诗歌之风格，每一代诗人有每一代诗人之使命，如何在诗歌史上添砖加瓦、锦上添花，创造新的美学意义和典范，是百年新诗的责任，也是我们当代诗人义不容辞的责任。

由太白文艺出版社策划、出版的这套《当代诗歌名家星座》，注重所收录诗人的文本质量和影响力，着力打造引领当代诗歌潮流的风向标。这套丛书收入了汤养宗、梁平、陈先发、阎安、谢克强、苏历铭、李云等人的作品，他们早已是当代诗坛耳熟能详的诗歌名家，堪称当代诗坛的中坚力量。他们或已形成成熟的个人诗歌风格，或正处于个人创作的巅峰期，他们身上所展现出来的创作活力，正是当代诗歌的活力。相信这套丛书能够帮助广大读者多角度、多层次地深入当代诗歌创作一线，领略瑰丽多姿的诗歌美学。

新的时代，诗歌这一古老而又瑰丽多姿的艺术门类，需要紧扣时代发展的脉搏，深入生活扎根人民，不断挖掘时代发展浪潮中的闪光点，为广大人民群众提供更加丰饶的精神食粮，推动实现从"高原"到"高峰"的突破，书写中华民族波澜壮阔的全新史诗。这套丛书收录的八位诗人，无论是他们的创新能力，还是创造能力，都已在长期的写作过程中得到证明。他们心怀悲悯，以艺术家独有的观察力、整合力，萃取日常生活中富有诗意的一面，呈现出气象万千的时代特征。

　　风云变幻，大潮涌起，正可乘风破浪。新的时代，中国正处于历史的上升期，这也将是文化和诗歌的上升期，让我们期待和向往，并为之努力，为之有所创造！

李少君

目 录

第一辑

向两个伟大的时间致敬
　　——写给"中国观日地标"霞浦花竹村　/003

有的地方，只有诗歌能去　/005

大水谣　/006

翻墙记　/007

我为什么非要做一名诗人　/008

三人颂　/009

天马山斜塔　/010

福建　/011

幽香　/013

渐老颂　/014

书房赋　/015

魔法护身的树　/017

在蔡甸　/018

私人印章　/019

虎跳峡　/020

时日书　/021

我的舌尖就是我的地标　/022

在吴洋村看林间落日 /023

报恩寺古钟 /024

纸枷锁 /025

养虫子 /026

立秋 /028

盲画家的调色板 /029

逻辑中音 /030

葛洪山,一座有仙气的山 /031

马拉河 /032

旧东西 /034

正月廿六,在东吾洋又见中华白海豚现身 /035

十番伬 /036

泸州记 /037

十月二十八日,在浙江苍南海边的星空下 /038

剑 /039

那些我们从没有见过的动物 /040

只有大海没有倒影 /042

象形的中国 /043

真正要好的,是那些叫无名的东西 /045

在光阴的墙角,是百年的邮局 /046

托马斯·温茨洛瓦的获奖感言 /047

毫无胜算 /048

我在意的一些中草药名 /049

天书 /050

一棵是木棉，另一棵是三角梅 /051

不识字的春风送来了万卷家书 /052

小庙关门的时候 /053

低眉处 /054

一些与自己身份不符的事你总是一做再做 /055

对纸说话 /056

在乡下，我有一座废弃的房子 /057

三寸金莲 /058

井之考 /059

十间海 /060

人神之约 /061

我与狮子几乎没有区别 /062

十八相送 /063

那日，时间判定，我的指纹再不许用上 /064

往返咒 /065

到处都是水 /066

重阳，坐等日出 /067

焐石头 /068

撕纸张 /069

往钱大王古寨，遇抱石而眠者 /070

丁酉春节，拨打一个电话，涕泗滂沱 /072

手经常是没有用的 /073

一想起 /074

对话 /075

我一生只在意做雁过拔毛的事 /076

云根 /077

与己书 /078

我一直住在自己的皮肤里 /079

在乡下，我还有哪些亲戚 /080

用过还等于崭新的词 /081

我长出了这双手 /082

银匠 /084

第二辑

诗歌给了我这生一事无成的欢乐 /087

一寸一寸醒来 /088

甘蔗林 /089

送第三十六届青春诗会十五位诗人离霞浦又读
　《登幽州台歌》 /090

临高角 /091

过桥记 /092

飞蛾传 /093

凌晨四点的鸡叫，提醒我，鲨鱼还没喂 /094

屋顶 /095

斑驳的地方 /096

寺院 /097

旧心肠 /098

玩火术 /099

寄远 /100

穿山甲 /101

街边速写 /102

少年游 /103

锈迹斑斑，正暗暗使劲 /104

飞地 /105

在汹涌的人世老了下来 /106

在桥头集爱情隧道 /107

东吾洋 /108

天边 /109

目送 /110

身上有一些地名又在走动 /111

许多人后来都没了消息 /112

封神榜 /113

疯人院里的套遁术 /115

阅读 /116

我的脚底板 /117

雄鸡 /118

神仙一直在边上发笑 /119

一想到那些邻居 /120

断章 /121

我私下里养了那么多东西,十只老虎,一只蚂蚁 /122

谒李叔同净峰寺留锡处石室 /123

今夜我在酒中,不在你的手心 /124

去远方,去谈论身家与背叛 /125

陈皮 /126

送别 /127

有时可以与白云谈谈心 /128

网络时代的个人密码 /129

我的第二天 /130

戏中人 /131

聚是一团火,散是满天星 /133

长声吟 /134

扫地僧 /135

练习曲 /136

虎崽在长大 /137

带口信的人 /138

更迭 /139

良夜 /140

狱卒 /141

错觉 /142

最后一支赞歌 /143

反绑 /144

国境线 /145

孤独 /146

桃花潭 /147

语言的清除 /149

脱离大地的几种练习 /150

你在向阳坡，我在阴凉处 /151

我的南方口齿 /152

弥合术 /153

皱褶 /154

磨牙 /155

安魂曲 /156

难缠的事 /157

止痛药 /158

剃度 /159

任何的死，都是羞涩的 /160

消弭术 /161

王者归来 /162

命门 /163

一做再做的事 /164

第三辑

太姥山（长诗） /166

古玩传（长诗） /180

第四辑

我的诗歌地理 /193

睡在天下 /194

捉迷藏 /195

空气中的蹼子 /196

"七" /197

戒毒所 /198

拍打 /199

修仙记 /201

又犯春慵，又说梦里不知身是客 /202

我有大偏见 /203

对话中的老话 /204

人间旧句 /205

不能说 /206

空山 /207

眼神 /208

阅读记 /209

断崖处 /210

虚假的真实 /211

哑巴镇的哑巴们 /212

外乡人 /213

再造的手脚 /214

抑郁史 /215

轻叹一声 /216

花开的戏法 /217

菩萨蛮 /218

一些死去的人,还在给我们写信 /219

结局总是潦草的 /220

问李不三 /221

仰望月亮是一件形迹可疑的事 /222

制宜课 /223

一句话 /224

新学年 /225

成都 /226

语言的另一面 /227

一些心甘情愿的事 /228

回乡偶书:再致母亲 /229

终于变老 /230

左岭 /231

撞墙 /232

弓箭手 /233

老皇帝 /234

听海涛 /235

我与那个网名叫时光魔术师的人厮混了这么多年 /236

活累的样子 /237

中草药方 /238

什么叫手脚大乱 /239

能力 /240

初秋晨起,又听远处送葬声 /241

落草 /242

天下多数的字天下人都看不懂 /243

晚课 /244

身体的落叶 /245

认命 /246

海明威删掉的一段心理描写 /247

扬州 /248

戏剧史 /249

群山赋 /250

我知道大地上的每一棵野草 /251

追心鼓 /252

抽屉里 /253

树林里 /254

空气中的小痣 /255

精神的长相 /257

人物志 /258

每天都像是要出大事 /259

怀念手写 /260

又在下半夜,等不到天亮,写诗 /261

星空下 /262

第一句 /263

第一辑

向两个伟大的时间致敬

——写给"中国观日地标"霞浦花竹村

两个伟大的时间,一生中

必须经历:日出与日落

某个时刻,你欣然抬头,深情地又认定

自己就是个幸存的见证者

多么有福,与这轮日出

同处在这个时空中

接着才被一些小脚踩到,感到

万物在渐次进场,以及

什么叫被照亮与自带光芒

另一个场合,群山肃穆,大海苍凉

光芒出现转折

仿佛主大势者还有别的轴心

落日滚圆,回望的眼神

有些不舍,我们像遗落的最后一批亲人

面对满天余霞成为悬而未决

认下这天地的回旋

大道如约,接纳了千古的归去来

这圣物,秘而不宣又自圆其说

保持着大脾气

万世出没其间,除此均为小道消息

2019–12

有的地方，只有诗歌能去

大车有大车的好，高速路有高速路的好
几千人同乘一列高铁，你会说
更好。但是
有的地方只有自行车能去。车型
甚至不是时下城市里流行的共享单车
独自中有一个人的好
那里无法天下熙熙，生命的幽径
神仙也忘了它的僻静
一谈到一扇门便要合上，再谈
荒凉的足印已被擦掉
其他的时光，其他的路标
好像都是不算数的
那里，与新鲜的人世走的不是同一条路
而因为你，寂寞却时常在低声喧哗
是的，只有你的单车可以抵达
那里，我有一桩旧事等着你来
听，这是谁在说：哦，你来了！果然是你
你瘦窄的身体恰如诗行，刚好可以侧身而过

2019-04-10

大水谣

我命大水汤汤，大水头顶流淌

来自天之青藏，授我宗教，给大地主张

帝国的江河总是西发东流，立命，立言，立身

伏随大势，狮虎咆哮，日出东方

寄命于万代水脉，仰望天恩潺潺

大水势同破竹，我命柔肠百转

我一世态度陡峭，一决再决，忙于倾泻

深信流水就是父母心，得水就是得道，向东方

2018-03-23

翻墙记

一再地翻墙而入。一再地在梦中这样做
头蒙着被单,这是一门技艺,像披着一张羊皮
做这做那。人生有病句
我变得更像自己。而汤养宗越来越不像汤养宗

2016-11-18

我为什么非要做一名诗人

棉加上花。铁加上锈。再加上一个人
为什么非要做一名诗人
这问题老让我想到那只热锅上的蚂蚁
什么地方不能讨生活
非得到那面锅盖上走来走去
难道凡是烫脚的地方都是温暖的地方
难道你就是那个
宁愿被莫名的香气一骗再骗却不知脚下有火的人

2017-09-27

三人颂

那日真好,只有三人
大海,明月,汤养宗

2016-09-11

天马山斜塔

倾斜是一门心事。继而进入传说
说有另一条遗世的垂直之线
用于度量光阴的法则
在这里,一个人的身姿终于战胜了八卦
并保持着大脾气
半倒的心扶住风中一切摇摆的事物
而护法的手自有天地在帮忙
微暗的火说着半途而废的时光
许多铁石之物早已被夷为平地
何谓不败之身?永恒的奥义忽现惊险的斜度

2020-10-04

福建

中国的心腹之地,有相当好看的一大片
肚脐眼地带,东南风一吹
地气贴着榕树根走,所有的阔叶林
都在争夺阳光,而出海的人
与耕山的人身世有点混淆
并不像那些河流,绕着各自的丘陵
泾渭分明地分出欢乐与期望的地盘
莆田以外的口音都很硬气
一出口便有好山好水都在我家的口气
福州之北,有好文章
也有煮不烂的石头与茶叶
隔道山脊便常常要走进另一个
听觉飞转的世界,岭南或岭北
房子都在按各自的祖先美学盖起来
形成你的光阴和我的光阴
撩一撩喧响在脚边的海洋
便知道什么叫开阔,海水是我的家乡
上了岸便是我的故土
大饱眼福的福是可以向内看与向外看的
太阳升起的地方都是我的海岸线
站在岸边也有隐隐作痛的失散之地

走海的人嗓门大,他一喊

便像在喊一艘漂泊之舟,它的名字叫台湾

2020-03-28

幽香

生活在许多时候会一不小心便流出幽香
并具体到无比模糊,有点仁慈
略带着可触摸的手感,让人回味世界的
那头,有什么已无法捂住,比一些数据
更为浓厚地向我们扑鼻而来
我们说,多美好,有的东西终究是看不住的
想一想,空气里永没有私有权
这无论是自以为是,还是类似
望梅止渴,世界正处在裂开的流出中
那里有座天上的花房,供人想象
把我们对美的见识
又提高到了无话可说的沉默中

2018-09-30

渐老颂

无非是山道变成水道
无非是,顽石点头,坏脾气改换心有不甘
无非有人从天而降,说没有天不明白的事
无非,我去你留,寄或不寄
春风太磨人,让我渐老如匕

2020-09-21

书房赋

搬家时我对人说：这是本县城最著名的书房
用的是最著名，并非最好
也不是拥有最多的藏书量。是的，它最著名
说的是，一个书生曾在此最用力地
写下许多血汗淋漓的诗篇
生怕丢失了王位般
坐在这里使用着内心的气柱，无疑
对自己加冕的人也是他自己
我坐拥百城，每一天
都在为自己举行登基仪式，并感恩
一张书桌可以给予一个书生
比帝王还要志薄云天的霸气
多美好的天下，我建立了自己的纸上江山
在草写处掌管着回肠荡气的笔底乾坤
如今，这里将被改朝换代
另一个主将不知拿它如何是好
说这是多么荒谬又无用的遗址
我也像被废黜的老皇帝
去别处讨生活，絮絮叨叨地读些
"雕栏玉砌应犹在"的句子

在别处想起自己曾经的王朝

一想起这,一个书生竟也有了江山旁落的惆怅

2019-09-19

魔法护身的树

在长沙村众多的树木中,只有你
魔法护身,虬根在峭壁上
盘根错节,相比之下,其他树
仿佛反成了泥土里的赝品
你有自己的依靠,在不可能续命的石头间
怒现活下来的根系,吊在
危崖的半空,时光摇晃
一只年代久远的蜘蛛,除了知道
怀抱热望却随时会掉落,同时得知
脚下已没有更好的安顿
这逼仄中坚持着的位置
多像一个人一半跪在自己的
命运里,另一半却一直仰着头
对抗生命的羞耻与不安
既然,立身与立命自古是惊险的伦理
那么来吧,就在这孤立无援中
争夺更多的阳光。这就是大自然
独一无二的风景:困厄使生命更加光辉!

2020-11-11

在蔡甸

丁酉四月廿，小满，宜祈福，入学，开市，求医
忌词讼，安门，移徙
唯独没有提到，宜与不宜
遇知音
丁酉四月廿，小满，我在楚，在蔡甸，在钟子期墓地
在高山流水发端处的丁酉四月廿，小满
这天天气很好，我也很好
我还像时光小贼，想遇一遇知音
两千多年前，一个人砸碎琴完成了天地的绝响
天地啊，今天丁酉四月廿，小满，宜不宜遇知音？

2017-05-15

私人印章

一直有有口难辩、用于验明正身的汉字
一直在另一面暗暗叫苦的
是那深埋于阴阳间孰是孰非的汉字
有人命里命外总是倒背着手
像个逆子,形同天底下那些被反绑着的义士
这一切,多像是一个伏笔
一开始就自己对自己做下手脚
与真相故意为难,你看到的反面
却是我不想说的正面
我的完整性其实早已经变形,甚至
正背着身子朝向人间
在世道变坏的一些关口,我会以头击案
自戕般溅出一摊鲜血,看,那正是我的名字

2019-03-11

虎跳峡

真是苦命地来回扯啊,我一直活在
单边。另一半。这一头与那一头
同时够不着。同时偏头痛
请允许我,在人间再一次去人间。
允许狂风大作,两肋生烟,被神仙惊叫
去那边
拿命也要扑过去的那一边
去对对面的人间说,我来自对面的人间

2018-07-03

时日书

没有什么可以海底捞针,但谁做下了
这个局:通天,通地,通人心
并留下了草药名,忍冬,半夏,万年青
宽大无边,可以做这做那
像个什么都没有输掉的人
亲爱的,我有痛。我有二十四个
穴位,不能摸
三百六十五枚银针,每一枚
都可以插进我的肌肤,每一枚穿心而过时
我都暗暗地,对你念出一句心经

2018-04-25

我的舌尖就是我的地标

文字中我留有自己的胎记
留有我的舌头,也留有我的牙虫
舌根不讨好,喷出的某些字
来自偏僻的星光地带,也扯出
本地粮草的气味
我离你们有点远,但爱着
自己的话柄
也爱它有点似是而非的口香
十里以外,我的语言
显得熄了火,只在舌根下
留下了家址。这就是爱
爱上我的自以为是与偏安一隅
还有那音阶里的鬼脾气
与自享其乐的拐弯
你们看见我,说小语种又来了
对,我来自种瓜得瓜的缘由
我的舌尖就是我的地标,它一直
是背光的,却从来是
天地认可中风水宜人的地带

2020-08-18

在吴洋村看林间落日

我只能说,一只金黄色的老虎又回到了林中

它要回来看看,一天中

有没有谁,对它的老巢动过手脚

林间,有占窝之美

并在树荫小径上,嗅出

一个王朝散落在草间的气味

像世界的一场秘密事件!它不许我插嘴

更不许我来安放人类的立场

百鸟齐鸣

老大,你依然远有天涯,近有步步逼人的爪

2018-04-13

报恩寺古钟

没有一种存在不是悬而未决。在报恩寺
我判断这口古钟,是撷取众声喧哗的鸟鸣
铸造而成。春风为传送它
忘记了天下还有其他铜。天下没有
更合理的声音,可以这样
让白云有了具体的地址。树桩孤独,却又在
带领整座森林飞行。这就是
大师父的心,而我的诗歌过于拘泥左右
永不要问,这千年古钟是以什么
力学原理挂上去的。这领导着空气的铜

2019-05-30

纸枷锁

每隔一段时间，我的村庄就出现
戴着纸枷锁走上街头的人
用哀号，也用坏脾气，向上天
大喊大叫，要求
减掉命中的十年二十年
抵押给某个正在害病的人
要谁答应，让那个叫铁石心肠的东西
软下来。他喊道
"我满出来啦！满出来啦！
请拿走这斗谷，分给揭不开锅的人
匀出世界上的多与少。"
而求救的人都活得心中有数
也有刑具与别的献祭
要大喊大叫的，还有这头
受启发的疑虑，它是多出来的钞票
以及有点变坏的爱
泥土在下，苍天在上
你们肯不肯为了另一场病
也做自我删减
戴着纸枷锁，一头跪在光天化日的大街上

2020-08-13

养虫子

老早就在诗歌里头写道：年老时

便养些虫子在身上

用于嬉戏，与自己讲话

边上还放只钵子，一边嘀咕

一边搓着手臂上的老皮。我越来越爱上

似是而非的模糊学

拧紧的水龙头还要再拧一次

某天，劈了半日的木头

发现多年的掌心原来都在木纹中

种豆终于得豆，终于厘清

被自己养出来的虫子

就是我这个人

多么可爱的还在穷追不舍的问题

变成虫子后，最大的益处

是什么？无非是

成本很低地就领到了

两手空空的欢乐

何为云泥之分？诗坛上

又一波爱吵闹的年轻人，再也找不到

我的拌嘴和回话，我还

无端流泪，为散落四处的

三人颂

才情冲天的朋友,也为他们的
一事无成。而我这个
对文字一生激越的人,思维
散裂的人,责令真幻大开大合的人
也养下了一头肥猪,为的是
等当年的宿仇来看我
我会宰了它来下酒,并擦掉受伤害的泪水

2020-08-16

立秋

在医院,你才知,有那么多的人都病了
在监狱,这三个字也已被证实
它叫"活见鬼"
因为疫情,全球的人都戴着口罩
全球的人仿佛都成了地下工作者
不要紧,来读我的诗
来读不变中的好。昨日立秋
天地间的节序依然在
山水依然保持着因果关系
风喜欢拂动的地方基本上都有粮食的味道
蚂蚁照样把田间的麦穗
看成地球的彩旗
好东西还是很多,流水又见清澈的心
樟树每天还在搬运自己的香气
有些豆粒被留下,成为明年的种子
好东西也叫:势不两立

2020-08-08

盲画家的调色板

盲画家把画笔触向调色板时
阿根廷那边,另一个盲人
正看管一座国家图书馆
这有点假,巨大的光芒在责令老虎
来完成眼睛不能去的地方
兰花用手摸到了自己留香的腹部
也有另一双鞋
在支持樟树们率性地奔跑
为了维护这错觉
我有个朋友的网名叫
牛头也不是马面也不是阎罗也不是
这相当于什么都是
相当于在空白处,他成全了
天下最斑斓的颜色

2020-08-07

逻辑中音

整个音乐学院被逻辑中音锯得
肝肠寸断,合唱团的男女
用手抚摸腹部
想找到左右牵扯,起伏
不登高,彼此与跳脱这些字眼的质感
同样是小团体,渔村的防风堤
被浪花一阵阵拍打着
坚守着看得住与看不住的问题
我在小桥流水处散步
思考人类的婚姻为什么会解散
而一群白鹤在湿地上是松散又敏感的
当中有相互看管的翩翩起舞
又有个人舒适感,写诗
在这里也陷入了顾左右而言他
不许变形,又收放于掌心
闽浙交界处的女人吵架像唱歌
就缘于过分强调咽喉处的
某个重金属,这本是朗诵者做的事
我的心啊,总是不时地
被什么绊了一下,又回到和谐的整体中

2020-08-06

三人颂

葛洪山,一座有仙气的山

在我的家乡,大多数人能善始善终,活得

心中有数,是坚信

那座叫葛洪的后门山,有仙

只要说出老家的山上有仙,便是说

去往山顶的云上,有人在铺路

这样活或那样活也有了放心的答案

许多有路而过不去的梦中

我想起了我的神仙,一想起我的神仙

拦在月光下的人便会怕我

越老我读的书越多,只有那个仙人

要我减下来,说内心的底气

更可以计一个人以一当十

这便是仙人指路,同时也是我要的靠山

比靠山更重要的是,每代人出生后

都认定,爱家乡便是在爱一部

祖传的天书:经验告诉我

家乡的山就是一个人最大最要紧的家底

古人把家乡叫家山,取的便是

当中的仙气。接下来才又像我这样

把它写成了一首诗

2019-03-13

马拉河

四十万只斑马移动在南部的天空下,有点孤单
南部正在干涸,在北方
降水是部反写的天书
只有北方才是命,身后一百五十万只角马
也为这追踪而来,一路毫无胜算的
样子,既不顾散落一地的
同伴的遗骸,也不顾这可能是去找死
这就是穿越马拉河,一条拿命来
过的河,在东非大草原,比以色列
巴勒斯坦和黎巴嫩之间画出来的线
更不可逾越,仿佛是谁前世约定好的
有道理或者没道理,说一
不二,拿向死而生作法则
河水里全是鳄鱼,血盆大口,以及没商量
但身体是用来飞的,比飞起来
更骗人的是河里的谁,最好能
手下留情,或者见好就收
它们黑压压地压进去,带着数百万年
流传下来的激情,听凭死去是一种交代
活下来则是对自己更大的交代
只有对岸才有草色与天命,只有向北走

三人颂

是正确的冲动，血水永远比泪水多

马拉河一片血色，看啊，这才是惊天大逃亡

大悲怆与跑得快，撕咬，哀号，挣扎

最兴奋的身体踩踏着

另一些最兴奋的身体

如果，你我彼此还有点运气

这就是过关，在中国，还叫坎，说过河

是渡过一条劫波，这是训诫，或者眼前一黑

却又迎来了生死间的天亮

祖鲁今年五岁，是公马后宫中的一员

半个月前刚刚做了妈妈，现在正站在岸边

不断用叫声，试图找到失散的儿子

2018-12-06

旧东西

所罗门说:"一切新奇的东西
不过是遗忘了的东西。"
杜拉斯接着说
"一颗星爆发,发生在一亿七年四百万年前
在地球上看到
是一九八七年二月某日夜里一个规定的时刻。"
两人相距近三千年
却相当于坐在圆桌上亲密对话
并不许我们插嘴,不许
为了喷水,让鲸鱼
对身体做一次挤压
今天拨出的好几个电话,都占线
怀疑就是他们还在聊个没完
这近乎是一种压迫
这也对
让我加入纠缠,我还会说出更新的话?

2020-08-11

正月廿六，在东吾洋又见中华白海豚现身

它们现身的那一刻，肯定有

高僧或高贤之士，在是与非的两扇门之间

路过，那恍惚感

正好可以用来说离散

或坚守没有被人挖掉眼睛的话题

接着又下沉了，仿佛这是

隔着两个年代，你们是以

古人的替身突然回来

我念念有词，银白色的鳍与背

终于再次拱出，仿佛谁

心有不甘地再转身与我见上一面

这回还发出那久违的豚音

孤绝，凛然，最高度

在世上，这声音已多年听不到

却一再在舞台上被人模仿

苍茫大海上，浪水突然花开一般阵阵清香

2020-02-22

十番伏

石上种莲，海水里跑马
针尖处睡着娇媚的女人
虚空依靠踩不着地皮的那条腿
来及物，而衣袋里
那几粒星星与月亮的碎片
及物不及物？
我一生只想与永恒搞好关系
那些真幻莫辨的事物
却一再对我构成了更合理的时空

2020-08-01

泸州记

天地有顺从，比如两江要走到一起
便是还俗的和尚脱下了袈裟

在泸州，沱江与长江交汇处
我再一次被自己弄哭，为有一个未出发的身体
永远百感交集，永远不投靠，永远不交给流水

2018-12-03

十月二十八日,在浙江苍南海边的星空下

越走越寂寥,越空掉,一九九〇年二月十四日的
旅行者一号,身怀决绝,走得很孤独
蓦然回眸,喊了一声"苦",太阳系已成为
一丝光晕,但还是找到并传回了
那个淡蓝色斑点,对,那正是你我居住的地球
多么意外的、悬浮的微尘,前不着村
后不着店,谁也没有提醒
人类就在那里携带并使用着各自的
欢乐和苦难,用不同的宗教要这与要那
大手大脚地,就设立起自己的幸福与命长
不知我们也有一厢情愿,不知天宇间
从来就没有谁在意过我们的孤独与无助
以及,作为盲目又尊大的尘埃,今后将怎么办
二〇一三年九月十二日,又有迹象表明
旅行者一号已抵达太阳系边缘的"过渡区"
再过四万年,它将抵达下一个恒星系
而今晚,我,李元胜,娜夜,李琦,王小妮
五个中国诗人
正在自己祖国的浙江苍南海边的夜空下
对头顶的星光谈到了这些话

2018-10-28

剑

炉火空茫，他们要我打造出一把
最锋利的剑
其实最好的铁器都不是肉眼能看到的
也不是我的炉火千呼万唤地
一遍又一遍地淬火
好剑是身体里一块最要紧的骨头
具体是哪一块，许多人
一直摸不到
摸不到的一把剑你我很少有机会使用到
你也是铁匠，一生的锻造
花费了最隐忍的心血
万古来我们两手空空，长夜里
这身皮囊即是剑鞘
听到了铮铮作响，坏脾气与心有不甘
火花飞溅，或泪水空流
自言自语：我有千岁忧，却已锈迹斑斑

2017-12-27

那些我们从没有见过的动物

它们不喝茶,不请客,不食人间烟火

即使吃人,也是在我们意愿中去吃掉谁

这里不说龙,说麒麟,九尾狐

夔牛,英招,飞廉,当康

没有一样我们见过

又说到它们吃什么的问题,那是

空气中的什么呢?我尝试过多次

但没有一样可以吃

长得像鸟是种命,却有第三条腿

人面马身那一个,另配有一对翅膀

面目都很急切地与我们拉开距离

兴许没有十足的背叛,就不足以倾倒

内心的铁水,显示出臆造的高迈

万中无一,扯平大自然与人心的谁有谁无

仿佛没道理的,才更合理

这就是谁早就练就的隔空抓物法吗?

不然,都活得好好的,还要这些做什么?

也幸好有它们,我们的困顿不解

才有了聚形与现身,并且

种类那么多,让我们东边不亮西边亮

邻居般相处,却从来看不见摸不着

三人颂

我想过一个问题,古人们

捏造出这么多东西,一定也存在

荷尔蒙过多的问题,比如

为了一次也没有到来的胜利

想象过生出来的儿子

一会儿在殷商,一会儿在吴国

可以替我们出气,排除万难

可以不经过我们的学习深造

一来到海边,一口气就会把海水全部喝干

当中必定也有谁会写诗,只是

只是每写到无语处

是不是也像我这样,会痛哭一场?

2017-09-05

只有大海没有倒影

只有大海没有倒影,分开了肉与身
无须借倒影查看,自己的身体正朝东或朝西
或者像哪个王朝,生怕被谁挡住
大山,城市,人群,狮子,甚至蚂蚁
纷纷花开见佛,对着自己的影子
疑神疑鬼,心事里还有心事,并被问
这又是谁的身体?既要见如来,又想见所爱
割下一块肉,影子也不能少
只有大海走走停停,从不看自己的身影
也因为没有,大声说话,自己就是尽头

2016-12-16

象形的中国

我管写字叫作迈步,一匹或一群,会嘶鸣
或集体咆哮,树林喧响,松香飘荡
当我写下汉语这两个字,就等于说到白云
和大理石,说到李白想捞上来的月亮
还有家园后院,蟋蟀一声紧一声慢的小调
以及西施与花木兰身上的体香
如果再配上热血这个名词,又意味着
你我都是汉字的子民,一大群
墨意浓淡总相宜的兄弟姐妹,守着两条
很有型的大河,守着流水中的父母心
与高贵的亚洲象为伍,写象形字
使用象形的脾气,享用着象形的时光
文的都在做学问,不给汉语丢脸
武的用刀用枪,守卫每一个汉字
绝不缺失一竖一横,一点一画一旁
现在我写下了祖国,我终于
原形毕露,看,一群大象在我的纸张上
奔跑起来了,它们黑压压地
拱起世界的背脊,气息浩瀚,气场强大
让我这个一生使用自己母语的人
每天都能摸到最开阔的地平线,我的语言

是纷至沓来的语言,大地上
最大的蹄印,就是我留下的
每一个象形字都是我的靠山,秘诀,依据
将时光铺开,我白衣如雪玉树临风
说一句就是春秋,写一笔便是莺飞草长

2018-12-26

三人颂

真正要好的,是那些叫无名的东西

它们都要好,要到自己的那一份好

放纵自己又收拾好自己

在明处或暗处欢好过的脚印

小溪欢奔着,有自己时缓时急的缘故

在墙角被风雨撕裂了那张网,这是无效的

稍后蜘蛛又编出了一张网

鹰隼栖息的那棵树,蚂蚁也天天路过

在顶端,它们各有各的去处

假如天体刚好要陨落在这面山坡

明天,猴子就会吃到烤熟的果子

多么好,所有的青草都在随风起伏舞蹈

它们都要好,真正地

服从天命,也我要我命

谁都无法靠近命运地,侍候好自己的命

并教会我们,要提防那个

还在大喊大叫的人

2019-09-13

在光阴的墙角,是百年的邮局

在光阴的墙角,是百年的邮局
我有一封尚无下落的电文
上面冒险写着:一船大米明日必须运到
文字简洁而文意执拗
一百年后又来到这里查找我要的
粮食,在时光的上下游
均不见那只帆影
万物多在藏匿与失联中,零口供
与去向不明均构成了所谓的空气质量问题
"没有消息就是消息"
空气太空,便有了沉船或劫持
最便捷的态度,是每想到自己
也是座旧邮局,时光空旷,正好接受沉寂

2019-05-22

托马斯·温茨洛瓦的获奖感言

在泸州被授予大奖的晚会上,他的感言经历了
一棵树被肢解,制成小矮凳,工具箱
铺桥的木板后又重新站成那棵树的过程
迫不得已,他把自己的心里话
打稿成俄罗斯文,他的祖国立陶宛,小到
在中国找不到可以直译其母语的人
现在,他又用立陶宛语说道
 "我虽然不懂中文,但还是借助俄译和英译
尝试把他的一首诗译成了立陶宛文
这就是他的《独坐敬亭山》。"
翻译在复述这段话时,却是按俄罗斯文转译的
从一条路走来,这双脚
也同时行走在另一条路上
三种语言与两个人中的无数个人
在当中穿插,现身,辨认,换位
小家具又如数变成了那棵木头
这当中只有一件事:我的一切都由我的母语做主
那浸染着我们骨血的文字
你把我锯掉它还会变回来,它还是完整的!

2018-10-20

毫无胜算

有一件事,我做了近六十年依然毫无胜算
就是,要把身体中的那个人带出来
让他显灵,或者永无再错地去转世
去写另半篇吐血的文章,以水落石出,终见分晓
或者,他依然是语无伦次
说出去干什么,无非是从这扇门又落入另一扇门
像一个二傻,顶撞着一直看护他的大傻

2018-11-22

我在意的一些中草药名

我在意的一些中草药,其实是它们的名字

名字里的所指与能指,虚与实

叫一声就等于叫出天下的病

让人捂肚不前,不再路路通,口含着断肠草

有着明天不如不要的问题

暗暗叫苦的人,想要的药是当归

药方里还有百里霜、千里及、一见喜

手抓马鞭草一路作一条鞭

见得着是何首乌,见不着是白头翁

这通天的心事,点着灯芯草,夜夜半边莲

每种都苦口,这一件还是另一件的

药引子,民间的草,有名有姓地

说着你和我也心有顽疾

姓张姓李的青草,报出来就是一个药名

它通向你的病与我的病

暗疾或沉疴,有口难辩,遍地是病人

天地间的病长着天地间的草

叫着这些草药,更像是一个老友还活在身边

2018-10-03

天书

有人终于指着我的额头说:快如实招来
你读了哪一些天书?
这等于说,我与村头那棵大树
一起上过学,等于说我有了相当守恒的时间
懂得众多的石头中,哪一颗得了胆囊炎
在辽阔的天空下,非常地
自律,众鸟睡觉我也睡觉
又会独自起飞,并着迷于这种庸常与聚散
总有些神秘的力量教导了我
我如此多维又如此单一
众多石头中,我是经常飞出去捕食的那一颗
百鸟齐鸣,又睡在自己的掌心中

2018-07-31

一棵是木棉,另一棵是三角梅

在诗人与禅师之间,一棵是木棉,另一棵
是三角梅。一个在夜游
另一个正经受风化之苦
顺从于各自的相貌
在两种木质之间,一个被赞美开出了英雄花
另一个拖累于因果,至今仍被追问
哪一朵是叶,哪一朵是花?
一个终将人皮披挂到身上,一个正脱去人皮

2018-08-03

不识字的春风送来了万卷家书

不识字的春风送来了万卷家书,石头们

举目无亲,混在人间却有悲欢血肉

天地运转,可靠,但从未问过谁家的姓氏

如果春风识字,世界上便多一个

送信人便是嫌疑人,也多了

可以被偷偷拆看的天机

春风永远一副目不识丁的样子

留着与我们一样飘逸的发型

在它手上,国王与女孩的心事

必须同时送达,大大方方或神经兮兮

也不问虫鸟有病与没病,也不心怀小沧桑

不是大悲过后又来个大惊喜

它随性,不刻意,不去玉门关就是不去

不识字为什么也满腹经纶

没有为什么,天生的仁者,没有用心

用心,何其毒也。春风不用。无毒

2018-07-28

三人颂

小庙关门的时候

小庙关门的时候,山下豆腐店也关了门
天下无事,天下的城已无门可关
但天下永远开合着,看得见
与不让谁看见的门。我正往一座虚拟的城
去踩踏门与道,以再次证明
身体在经历人世的阴阳
一个人路过的城池多了,会经常地
走错门。走错了门,身体便成了黑客
或将错就错,将左门走成右门
找不到门的人,自己就是一扇门
半明半暗中,比谁的老江山更赖皮地
在虚门与实门间,站成
一夫当关的样子。这就是天下的闭门羹
我已大开大合。身体的裂隙处
跳进了几只蟋蟀,这窄门中的小神
正与遥远星空,倚门对望,申诉,又虚空

2018-07-20

低眉处

不是你有地方口音就让你的命
出现与我不一样的山水
也不是反穿着衣服,你就可以做一个
隐身人,走到那条街
意图还在这条街。或者
继续用功,练毛笔字,这个字越来越像
那个字,仿佛一生的改邪归正
只需练上这几笔
一把扫帚扫清了今古。低眉的
是堂上的菩萨。胸藏大恶的,永远是石头

2018-07-16

一些与自己身份不符的事你总是一做再做

写到反面时,我的笔反而闪闪发光

那个守水果摊的中年男人在做皇帝做的事

他在破解所钟爱的数学运算

准许自己有两条命分布在天上人间

什么花朵如此偏执地在断桥边守着寂寞

另一只蜜蜂则是为了一口蜜

行为有点不端,甚至不可告人

兄弟,我等于看见了你朴实的内衣上

绣着一朵无言的玫瑰

天底下总是不时要冒出一些

通天的与不顾不管的爱

昨夜我又失眠了,为的是把某行病句

读成活生生的天上彩虹

而小强的爸爸也有要破解的一题

在电梯口拦住我问:有没有

比皇帝更大的皇帝,在看管日与月的对称?

2019-08-11

对纸说话

在一张白纸上,我假装已得到千山万水
还栽下几棵叫武松的松,人与草木
有了孰是孰非,猛虎只好绕开了行走在纸的另一面
我说有房,三间瓦房便平地而起
当中的一间,谁都不让住,只住着空气
里头有我的舍不得与尊严,也有我对谁的敬畏与责难
有人执意要将这张纸卷走,用来对付将信将疑
说要收藏了它,一张纸被你絮叨地说出这一些
当它再被打开,翻转术里会是满眼好江山

2018-09-23

在乡下,我有一座废弃的房子

在乡下,看到越来越多的废弃的房子
其中一座,是我家的
一些我小时候见过的人,无缘无故
丢下了一座房或那座房丢了他
遍地,这也不是家,那也不是家
更多的人,像夕阳身陷西山
偏偏又照亮了当初让自己现身的地盘
只有到了夜晚,月光仍不分贵贱地
到每一家走走,那身影
显然是个亲切的小神,甚至
还有个小名,叫一声,整座房子
便会亮起来,小时候
我与这轮月亮一起玩过,现在看去
依然显得有些许的胆怯

2018-07-06

三寸金莲

他们要我向后走，于是出现了
伶仃与把玩，飘浮着马蹄留香的街景
时光深处青石幼花的拱门
门里头足不出户的那双三寸金莲
一个深藏的炫技者，对身体
不断在缩小的雕花术
故国有暗疾，并常常唱到了莲花
而朽木的奇香，让一个国家所有的词
不能及物，捕捉或落实
我们站在夜色里眺望
为爱而爱的男女正越爱越小
那并蒂莲的香气，不是来空气中选择路径
而是说，所有的路，留三寸，即可

2018-05-18

井之考

这么多年,我一直在寻找你身上
那口井,也试图以
打水之名,借东风,探入你金身塑成的
三千里江山,那传说中的泉眼
身份像是天外来客,掘进狡兔之窟
躬身,隐姓埋名
为翻看流水的秘密,放长长的绳线
这不空之物,一头系着竹篮
供人做无用之功。像钓
钓鱼的钓,也是茫茫然独钓寒江雪的钓

2018-05-09

十间海

我有十间海,住着人间最美的心跳
十万亩牡丹在海面发出月亮的体香
海的十间房,每间都是星宿的房号
海神住这头,仙女在那头沐浴梳妆
去云上投宿的人,这里就是落脚处
为命运问路,大海点亮了一帘星光
今夜适合醉生梦死
适合内心起火
适合优游,适合抛掷时光
适合魂不守舍地冥想

2018-03-13

人神之约

我头顶有一寸之忧
而高三尺,有神明
这传说中的河水和井水,多像一则绯闻
让普天下的牛头,一直在苦找那张马嘴

2018-03-08

我与狮子几乎没有区别

我与狮子几乎没有区别
我爱看星空,它们没事时也经常看看星空
我看星空时经常发呆,它们偶尔也会发呆
我与狮子最大的区别是
我看到的是经文,天国,街灯,另一个家
它们看到,那么远的一群麋鹿,眼神变了

            2018-02-18

十八相送

光阴在你我看到看不到的地方

大做手脚，小做手脚，一一地，都做下手脚

月亮在我看得见的柴门外大吃桃花

小生当着全场观众吃着可口的花旦

我陪春风走一程又再送一程

像戏台上的十八相送

只有我没看见自己相送的春风从未喜欢过我

这是谁做下的最大的手脚，我一生热闹

又两手空空，像一直蒙在鼓里的反间计

2018-01-28

那日，时间判定，我的指纹再不许用上

铁书终于铸成，那天，时间一锤
定音。判定。我四肢冰凉
指尖再不能伸向由我建造而成的帝国
那座人迹罕至的宝库
我的儿子，万分着急
拼命想搓热我右手的那节拇指
上头，有一朵由我个人指纹组成的星云
他要唤醒它，唤醒我的热血
用它再去唤醒那扇门，他要印证
这个孤僻的老头，到底留下了什么
可这是不可能的。血已彻底
离开了我的指尖
比一只斗败的老狮子
更死心塌地地收起了自己的爪子
这个人曾经搬弄过
事物的是非，指鹿为马，让时间兵分多路
如今它们已一一无效
砍下这节指头也无法让那扇门开启
一切已判定，只要你看一看我谢世的神情
依然紧咬着牙关，依然一脸吊诡

2018-01-03

往返咒

后来，雨滴又回到了屋檐

雨水继续爬上屋顶，踮着脚

呼喊早已远去的云朵

这是中年后经常在谋划的与谁对抗

并在内心已取得多场胜利的往返咒

又问空门里这个人：门既空

为何还有你？答：我也是空的

所以雨滴又回到了屋檐

想飞回去的我，依然以假为真

2017-11-19

到处都是水

有两三样事,至今纠结,一提起便没有好结果
大海到底会不会漏水
雨人与他手中的火柴,还能怎么办
写出以上两行,发现
每个字都是披头散发的,湿漉漉的,样子不堪
到处都是水,到处都是问题,大水汤汤

2017-11-09

重阳,坐等日出

大好,茫茫东海从未出现过一滴漏水

大好,东海之滨风电之轮一直转动着巨扇

大好,东海之上白云来去依然无须与谁对证

大好,在东海,你打开我的诗歌

读到:普天之下,海水是情怀,白云是梦想

开阔,慷慨,漫不经心,日复一日,永无背叛

2017-10-28 作于东海

焐石头

我对人说：你们先走，等我焐热了
这块石头再说
在人间，这是你我各自要做的一份事
但是，你的那块不是我的这块，我的这块
可能也不是你的那块
要哭我们就一起哭，冰冷的石头
在我们各自的怀里，热了
又变冷。极少的时候它们也反过来热我们
比如肉身。比如，我们长期伺候的爱

2017-02-25

撕纸张

在自己的书房里撕纸张,一张张撕
或几张一起撕
仿佛我对每一个字都有仇
那一个个被我用饱墨或枯墨写下的汉字
再看都很丑,撕了还是丑
如果这就叫审判,唯一的用刑
只有撕掉它们
没有一个字是好的,没有一个字可以用
所有的字都已恩断情绝
一个老人说:没有一个值得宽容
我还要补上一句:没有一个写下的字
可以当作字来用

2017-03-05

往钱大王古寨,遇抱石而眠者

二月三,龙抬头的第二天,该走的都走了

石阶上,有谁遗落的爪痕,膻腥,还有鳞甲

那是飘上去又落下来的叶片

显然,有过一场告别,也可能未完成

往钱大王古寨,又去这个

近年一去再去的去处,接近于天

曾担心,被天人带走了怎么办

却遇见这抱石而眠者,相貌粗陋,酒已十成

无疑,这是自己与自己打架的结果

石上刻有古人的通浙二字

我再看,更像是抱着一团白云

古道湿滑,古树上偏有新花

山巅有唐末的烽火台,溪涧边

是钱大王屯兵打劫的遗迹,山背上

待我去扶贫的人家,这一些

可能就是向天走了一半,又没有走成的结果

他是谁?随我而来的人说,问麻雀

麻雀正在与另一只麻雀闹得欢

而他肯定是个最少的人

最轻,也最沉,已脱离了一切破事

抱着这块石头,有幻觉,有任性,打了个酒嗝

三人颂

石头似乎动了一下，再打嗝，嘴角有脏物
还有自以为是的一丝笑意

2017-03-01

丁酉春节，拨打一个电话，涕泗滂沱

什么叫万劫不复的虚空？或者又叫天涯若比邻
或者，根本没有这回事，只有永不能相许

除夕里，又想起他了
轻风有径，细雨迷茫
莫名地，拨出这个阴阳两隔者的手机号码
那边传来的声音是：你拨打的用户正在通话中
请稍后再拨

2017-02-03

三人颂

手经常是没有用的

手经常是没有用的,对于石头一直不说话
对于永不答应的爱,对于我母亲要死去
一百零八条好汉说:要手干什么
松树会爆裂,脱去一层皮再脱去一层皮
蝴蝶会与整个人类为敌,从这一只变成那一只
我不能,最多只能吐血
或者砍掉一只手,从半残到废掉
从曾经还用一用手艺,到彻底对什么也不用

2017-02-01

一想起

一想起我做的事,全地球的人也正在做
集体亮起来,或全部黑下去
一想起有人会对我说
我们都做对了,为什么只有你是错的
或者,我们全错了,就你一个人对
一想起这要命的问题
便又手脚大乱,愁死人哪
不是成为人类的孤儿,就是要变成你们的公敌
永不认错或永远哭泣

2017-10-09

对话

"那天夜里,我看见我自己,飞出了身体。"
"这不可能,不会有这样的天空。"
"是真的。我感到天空一片白,又生出了一种白。"
"与我认识的黑暗相反,你这是另一种黑。"
以上的对话是我虚构的,目的是
让一些永不明了的事,明了一次

2017-06-26

我一生只在意做雁过拔毛的事

你是斯坦尼体系,而我属于梅兰芳的时空
白菜与白云的关系是我和你的关系
钉子钉在壁上,你在钉孔里继续赶路
而我在空气里砌了一堵墙
有人进进出出,来回走的人
与这个地盘无关,只与落日、明月、夜莺这些东西
有过逻辑上的接触
多好的与人作对的行为,如痴似醉地
做下这些密不告人的手脚
我大而无当,心系之事全归天空所有
但卿卿我我的风情,一再地发生
在世上,我欢乐了一场,貌似双手空空
却继续爱做雁过拔毛一类的事
什么也没有地这边抓一把,那边也抓一把
沉湎于这自以为是,在空无一物中
指鹿为马,那是一匹你永远看不见的马

2016-09-27

云根

对云根的注解有三条：1. 深山云起之处

2. 山石；3. 道院僧寺

作为白云也有许多拖累，在根处

有石头，有房子，还有进进出出的纠缠

多年一直想跟白云去

但我可能就是块石头，我还是座房子

更要命的，我还有这具

模糊不清的肉身子

许多事他们早就弄清

我还是欠那引刀一割的痛快

做白云沉如石头。做房子居无定所。做人又想飞

2017-02-08

与己书

身体被我带到这里,又带到那里
有时是远方,有时是近邻
生物学家说,有的动物,身处三十摄氏度以下是公体
而在三十摄氏度以上,会变成母体
不要让我生变啊
你们好不容易造出一个这么宏伟的宇宙
在它底下,好不容易行走着我
多好的一个人
一想到我身上的气味,万中无一,又与万物融合
我早已习惯了它的好坏。对别的,真的没有把握

2017-11-12

三人颂

我一直住在自己的皮肤里

与那个人存在的最大争议是
我一直住在皮肤里
皮肤外,是天与地,萝卜与青菜
而他每一天都住在衣服里
等于看不见天与地,吃不到萝卜与青菜
等于,有家不能住

2019-03-03

在乡下，我还有哪些亲戚

回到乡下，夜里在祖屋的屋顶
用手机搜索周围还有哪些熟人
谁知这次，竟有些破格
第一个钻进屏幕的，是头顶的月亮
再进来的，是两三颗叫不出名的星星
紧接的，是村头那座旧庙
还出现了一只出来讨食的野猪
这些凭空捏造出来的
说不是也是。更没有能力可以删除
那些我早年认识的人，有的已不在人世
更多的流落他乡，杳无音信
我与他们之间，还不如与月亮那么直接

2019-01-23

用过还等于崭新的词

用过的词：雪山之巅，鹰隼，白云，梦想家
春风与马匹，星辰为大地指路
花朵变成灯笼，构成酒器，遍地要加冕
用过还等于崭新的词：
奔跑者，歌唱者，收割者，仰望者，掌灯者
跟着时光前行，带着朝露出发

2019-02-22

临高角

望海处显然已无路可走

心怀大鹏之志的人

寻找天地间有没有留下一些记号

用以解答插翅难飞,用以

申辩:不为人知处

海神终究要

替我们再做下一些手脚

只见天然的巨大礁石直伸海面,海水

裂开,这里便是

人们说的"仙人指路"

天地只伸出一根指头

说深蓝便是出路,乱走的云

与惊慌的兽才相信其他意义

2020-10-03

过桥记

过泉州万安桥,我不与欧阳江河臧棣他们
一起走。我有伴。有另几个
他们看不见的人在桥上与我谈笑风生
"世界已发生了许多事"
这是宋代的又一个现场,地主蔡襄的墨意里
多出了欧阳江河的疏狂
而那个也被我认作乡党的柳永
已爱上我诗句中可以来回走的风与月
我,一个逻辑怀疑者,对光阴
有无法无天的穿行术,在这里又获得了
一座古桥的共时性,服从着
不讲理的折叠,短衫变成了长袍
那头是博尔赫斯,这头是水调歌头
去宋朝,去找他们中的水族类或灵长类
天鹅有金翅膀,我有脚板上的
丈量法,在时间深处,说这个可以,那个不要

2019-12-16

街边速写

躺在街边,他脸上总是遮盖着当天的日报
腰间那条花色的布绳,那么粗
如果不是预防一只蛮牛挣脱,那便是
处惊涛而能安心的船缆
我叫他"哲学家"。不单是一头乱发
覆盖着一片山河的样子
还缘于每次开口都让人疑是被说到
"你又上瘾了!你又上瘾了!"
路过的人听到后都会怔住一下
在确认不是被指名道姓后,才又快步离开

2019-04-23

少年游

过去年轻时犯的错,现在都被逻辑

——地排列出来

狷介不羁也凝固成某个符号

那时我们才华横溢

飞蛾扑火般明是非,定犹豫

感觉仅用一个时代来侍奉自己还是不够的

偏激自负处,令别人也令自己

拍案叫绝,现在已失去了机锋

躲在暗处认命

一切显然是另一个人借用我的身体

活出来的,另一个我骑在

我肩上,他是苍松劲竹,正对我棍打鞭责

2019-04-22

锈迹斑斑,正暗暗使劲

在乡下,一扇扇柴门是上着锁的
锁,或不锁,都在烂,都在一点一点烂掉
铁锁不烂,柴门烂
柴门还不烂,光阴烂
光阴不会烂,烂掉的是忘记归来的人
空气中有一个接一个的心跳
也被锁着,或者锁不住
天地就是它的心房,左心室与右心室
也有个心律不齐的问题
这被星星与明月看到,也被过往的野兽看到
在门前,发过的誓、许过的愿也在烂
不烂的,是谁对这座老房子的拖欠
它的名字叫乡愁
锁着的,与被拦在外头的,都同样要
一点一点烂掉的乡愁
已锈迹斑斑,正暗暗使劲,又像松开了拳头

2018-09-28

飞地

印度和孟加拉国的飞鸟,变成了
一百九十八块"飞地"长在对方境内
美国人的阿拉斯加,具有小天赋
用加拿大的大棚长出了大冬瓜
在豫一定是剧?在鲁一定为梛?
他们唱:"山东省里有个河南县
河南省里有个山东乡。"
都说到了流落,在他邦,做手脚的人
已说不清枣树上为何结出若干颗葡萄
同时不能说的是,我的一个器官
额外地,长到了你的身体上
一贯的教育也控制不了,这些骨头
要出走,要到你的某个深处安家
按真实内心,你家后院的月亮也是我的
而喊谁回家吃饭是假的,只有白云
带回了心跳,这节外生枝
与无家可归,像对你的爱
有点意外,散落与漂泊,更不可能回来

2019-03-26

在汹涌的人世老了下来

斜阳西照,效果上是
在一道墨水上,再加上一道墨水
小城的每条大街小巷,都是我的
旧江山或小停顿。一张张
相识或相似的脸,正变成
雨夜里常常要念叨到的流水声
下一代人相向走来,会把路子让开
那是滚热的体温正在避让
老下来的体温,这像黄袍加身
又像是得到了温暖的鄙视
我喉结蠕动,对集市两旁
卖豆腐的,售粮的,开布店的
说声天色已晚,都收摊了吧
声音有点多情,类似于
对谁拉了一把或者推了一把
生怕不这样就得得罪天地间最高秩序

2019-06-03

在桥头集爱情隧道

有铁轨的地方,似乎都降临过天上来客
村庄在两旁,高起来或者低下去
头顶的星斗有的已经不在,但这里
依然叫桥头集,只有它知道
什么叫不容荒凉
大自然自己就是翻译家
它有一桩旧事,说出来却无比新鲜
废弃的铁轨仍是青春的老本
被叫作"爱情隧道"时被少女们念成了经文
一切都在活命中,走不通的地方
爱情偏偏又来了。仿佛
过往的时光都进入了天空
只有爱,有点超自然,在铁轨与彩虹之间
做了简洁而精准的对换
我压低嗓门,说自己现在就在这里现身
早年,读《赤壁赋》
把"是造物者之无尽藏也
而吾与子之所共适"抄为金句,是对的

2019-05-23

东吾洋

东吾洋是一片海,内陆海。我家乡的海
依靠东吾洋活着的人平等活着,围着这片海
居住,连同岸边的蚂蚁也是,榕树也是
众多入海的溪流也是
各家各户的门都爱朝着海面打开
好像是,每说一句话,大海就会应答
像枕边的人,同桌吃饭的人,知道底细的人
平等的还有海底的鱼,海暴来时
会叫几声苦,更多的时候
月光下相互说故事,说空空荡荡的洋面
既养最霸道的鱼,又养小虾苗
生死都由一个至高的神看管着。在海里
谁都不会迷路,迷路就是上岸
上苍只给东吾洋一种赞许:岸上都是好人
水里都是好鱼。其余的
大潮小潮,像我的心事,澎湃,喧响,享有好主张

2018-08-21

天边

总是信以为真地认定有一个天边在等我去探寻
白云飞到那里后便无法再飞
我被号召,去撞南墙。或者
不到黄河心不死。念想那双快脚
世上人都叫它草上飞
就为了这一说:天边
南北方都在修路。河上有桥。汗血马在流血汗
我表达的,总被人叫作执拗与偏见
倒在半路的,命名壮志未酬。被野草收留

2018-08-28

目送

一想到有一天我终于被一句话道破,朋友们
大多数已不在人世,没有谁管着谁
我看见了自己。同时也是
被目送。形单,影只,一路孤清地
走向自己的旧山河
像一个传说,一步一个脚印
收拾起残局。也被人说,看呀,这就是
曾经的那个传说,好看的开头
绝没有想到现在的收尾。单程。不再有
回头路。谁也救不了。光辉看过去
尽是灰烬。并已认定。笃信。决然
眼泪一下子滚落下来
站在那里,怀抱着小谢意,告诉自己
不用急。随它去。西山暗掉的
在东方又是老风景。像儿子。更像是有歉意的
故交。说耽误了你的许多时间

2018-08-23

身上有一些地名又在走动

又有一些地名在身上走动。把这个村庄
叫作另一个居所
早些年隔江而治的,现在已另有新主
我是自己的一本糊涂账,涂改,取代,相互间
篡位,或迁徙的人总是南辕北辙,不能自己
越走越远的不安者
是我身体的异乡人,经历了甲壳虫般的一生
想回到故国,已找不到旧山河,有时大呼命苦
放火烧山也认不出迷失中的草径

2018-08-06

许多人后来都没了消息

曾经在前面带路的人,说宁愿
去踩地雷的人;怀里
藏一件暗器走向荒野的人
后来,都没了消息。活下来的人
像我,都有点二流,甚至
连二流也够不上
一只蚂蚁进洞后,不知为何
出来后就长出了翅膀
这当中,许多事物已经改换了名称
夜风一疏忽,野草便成了春色
跟着流水,就有了大河
我经常给自己一项莫须有的罪名
喜欢走小巷,为的是
避开被人说:看,这个人还活着
有福的人,还活得这么好

2018-05-12

封神榜

迪夫说:最神奇的都是非人非兽的东西
这触及我部分的经历,关系
河水与井水能否互为转身
四十岁之前,我有过修仙的经历
那时说:封神这种事
离我只差几个天日。而天上云多云少
只有确认我是人是兽后才有区别
就让我成为人兽都不是的那个吧
让我长得更意外些
兽类做的事,一直小心在做
诸事未成,野兽们却一直不肯帮忙
至今我仍然是半人半兽
而不是非人非兽的一个整体
敲打下这些字
身体里藏着的谁便撕下脸皮跟我急
向某个男人借火,再不能嗅到
他身上腥膻的气息,并对我说
同你一样,我也叫未完成
众多兽类也拿嫌弃的眼神看我

我长出了这双手

这双手似乎是特意长出来的,在人间
专注爱与祥和,与万物交换眼神
摸火焰,火焰便越升越高
摸一条河流,便摸到了千古涌动
又清凉透彻的父母心。摸石头
在里头的人,说到了日月光华
坚执的,都是爱;守卫的仍是那颗初心
闭上眼,我暗暗掩脸而泣
为的是这掌心中许多的热切
我成了一个传说,一边是
永不妥协,另一边是决不言弃
而手心与手背都写着同一句贴心的话
甚至有点看不住自己的手感
具有一传十十传百的传递术
掌心中不但有甜言蜜语
更有水和火的口诀,许多种子
从指间撒下去,如音符跳动雀跃
春风掠过十指,如嘉木上荡开了鸟语花香
我越活越爱,这双手越来越接近
神性,左手与右手,相互提醒

并感应着掌心中这份千年情怀
它被春天称作兄长，也长成了时间的枝丫

2019-02-16

银匠

一生中最亮堂的一天是遇见这个银匠
由他经手打造的雪,是字条和经语
越陷越深的一炉民间的火
追究并且和解了烈焰与雪莹之间的正反关系
一块邻家孩子护身的银器,就是
带病世风有力的盾牌,就是让热血
在人世走安详路,使一个人的身世
与其他铁器区别出来
像守住骨头里那种白那样,他一生看守着
这些洁净的词,那汉字里头的最后一批家族

2019-04-29

第二辑

诗歌给了我这生一事无成的欢乐

诗歌给了我这一生

一事无成的欢乐。对,是欢乐

但好得接近于空空如也

我乐此不疲,有点

自以为是甚至无中生有

说到此

我的眼泪流了下来

对,我怀抱冰火但又大而无当

做得孤绝的事就是抓空气

这李白他们也认为至高无上的事

每一把都抓到

被叫作万世弥漫的东西

张开掌心细看:全无

2019-08-19

一寸一寸醒来

一寸一寸醒来,一寸一寸的身体
渐渐明白,曾经的欢乐都旧了
我与大地之间的契约大部分已经解除
新的梦与旧的身体在握手言和
早年的小名与老去的大山水
已经不再对立,达成
你就是我我就是你
内心喧腾的流水,越来越清澈见底地
被头顶的星河吸走
体内一片空地上,七八只麻雀
正在悠闲觅食,享用谁的
仁慈与宽厚,多么好的
喜相聚,对应着多么好的归去来
一寸一寸得知,自己已得到
时间的安顿,越活越爱
用一寸一寸的爱,爱着这一寸一寸的明白

2020-05-31

甘蔗林

那么多的糖水站立着,不修边幅
薄薄的皮,有点看不住
另一个朝代传下来的秘密
不说破,却很喧哗,也很荡漾
没有哪个村长能修改我的这种错觉
这是土地长出来的修辞学:
面临被砍头的人,都因为甜得
有点纸包不住火的模样
刘翠婵干脆说:"甘蔗是甜死的。"

2020-08-13

送第三十六届青春诗会十五位诗人离霞浦又读《登幽州台歌》

每当到要紧处,我就要诵咏你这首诗

脱口而出或用心默念

有时也流泪,在人前就背过身去

为那伟大的虚缺,也为来得太早来得太迟

活着,并被一首诗的气体

养到老,这是我个人最私密的事

人问:苍穹之下不过滚滚泥丸,关你鸟事?

答:想到风物宜人,想到爱就会死

我就有空茫,涕零,万世浩荡

2020-10

飞蛾传

除火之外，我找不到历朝历代
只有扑向或投身
唯烧焦的气味最是醉人
其余都属于空气，厌倦中的虚度，荒凉
那啪的一声触火的绝响
转瞬即逝，声色全毁，更难以留下全尸
不能向死说道理
而你要我别忙于到处找火
火会将我与谁一个个找到

2019-12-11

凌晨四点的鸡叫,提醒我,鲨鱼还没喂

"凌晨四点的鸡叫,提醒我,鲨鱼还没喂"
一个人心头的事,有时就是
群仙里头那个我行我素的神
爱做不做的事
那晚,来南方种茶的北方女人刘子嫒
在很人间的山头与人聊了许多很不人间的话
接着听到鸡鸣
接着散场,身体中还剩有一些仙气
古老的与空气对接的事
还可以做
于是,有难以打发的大心事一般
在自己微信里写下了这句光芒四射的话

2020-03-17

三人颂

屋顶

前两天起,胡屏辉同我一样
成了没有屋顶的人。我们的父母最后都死了
那覆盖着一个家,不与天
争高低的屋顶,天空众声喧哗有它在
天空杂树生花它也在
我们伸手,摸到了屋顶就等于摸到了天
抬头说话,就是与天空一问一答
现在,天空真的变空了
只留下空空的空气,空掉或空白
家,再没了看护在头顶的最高存在
成了一个遗迹,成为有点黑掉
但依然值得感念地要向谁请安的地盘
现在起,是空气在照看这个家
而你我的上苍从来是具体的与慈爱的
屋瓦上会传来他们合着月光
在头顶上轻轻抚摸过的手感
过去,踮起脚一摸就摸得到自己的天
现在向上伸的手没了着落,头顶只留下
什么也摸不到的空气,空空的、空空的空气

2020-04-12

斑驳的地方

小区入口处的墙上赫然写着八个字：
"每次醒来，你都不在"
冷空气般出现在李修文的《山河袈裟》里
"戈壁滩上，有人用石块排出
——赵小丽，我爱你"
也在这个篇章，则辣目烫手地让人不知如何是好
流水孤寂，两行字一排列
千山万壑中便有了相似的蹉跎
风吹草间的蟋蟀，遍地是绞在一块儿的心肠
苏东坡句前赴后继又暗火飘荡：十年生死两茫茫

2019-10-13

寺院

多么宏伟而寂寞的一座庙宇
住着一个孤单而热闹的僧人

这座寺院就是我的身体
天空何其辉煌，太阳只有一颗，身体里只有我一个人

2018-11-06

旧心肠

我们那时，想一个人，靠的是
一个字又一个字写下来的信
用手摇的电话机，三长两短
表示旁人请让一让
这个电话只通向长山镇的秋竹岗
一件衣服会在兄弟之间轮流穿着，一块布
真正遮住了一个家的颜面
毫无音信中仍然相信有一个人
会在原地等着自己；山头
年年风复雨，石头会抽搐，谁手里
还留着信物，谁就能等到诺言的兑现
我们那时，喜欢读的诗句有
"长安陌上无穷树，唯有垂杨管别离"
家只有一个，单一，有暗香
不像你们，这也不是我的家
那也不是我的家，或者，在家也是个离人

2019-10-11

玩火术

十指已全部被烫伤,我依然
坚持这逆向的练习
一朵又一朵火,在我翻手之间
瞬间不见。千年暗室
并非说有就有的一灯即明。做下了这手脚
火光弯曲,你的眼睛时有时无
这张纸成了一墙之隔
它构成的神性,是看得见与看不见
一旁的雄辩家有了深渊与错愕
收放间,这玩火的游戏
最后只计较单纯的明暗关系
对于永世恍惚的燃烧
原谅我有难以言表的十指相扣
这人尘莫测的无名火,因了这张纸
再次让你看傻了眼
天下人不能围观的火
现在正被纸包在我手上,不可捉摸的
还有若有若无的烧焦的气味
在纸的那一面,这隐者,正作笼中咆哮状
谁又在一旁怒斥:纸永远包不住火

2019-09-03

寄远

请你记下：此刻群峰寂寥，路过者
也是无言的一部分

请你记下：此刻恍若隔世，我难以明辨
朝代与朝代分手，流水与小桥分手

还请你记下：汤养宗此刻与你一南一北
想到了你不在，四下皆是庸人

2019-08-01

穿山甲

一想到，一些人生来就可以穿山而过

高于一切形式，又低于人世的尘土

凭着不可能的地图，与大地上

所有的路径唱反调，让一个不许还乡的人

找到越走越深的通道

皇帝会突然醒悟过来，所谓无法无天

就是不见天日与不共戴天，并以自己的嗅觉为灯盏

类似于十万大山的蛔虫

在暗中把与世界的关系写在纸张的另一面

使我们感到，内心正被什么啃咬着

2018-11-20

说我再没有可信的底细。无论是人还是兽

要我交出这一半,或者那一半

2018-04-16

疯人院里的套遁术

唉，这也是一门伟大的技艺。太聪明的
是有人设立了这面墙
精神病医院里，两个患者
每天在重复翻墙逃跑，一个被托起
另一个再被拉上，一斤黄金
带上了另一斤黄金
继之循环。归零。周而复始
他们在做下这一切时
世界已经一叶障目。一次又一次
自以为是地翻墙而出，等同于
翻开一张白纸，又遇见了另一张白纸
这便是成全。一项逞强的
永怀绝望又心有不甘的行为艺术
没有比这更自信的，额外长出来的手脚
每一次，他们都以为
自己已经逃离了这地狱，大获成功

2018-04-08

阅读

当初读这首诗时,它的形体
是裂开的,有流水从这一头进去
另一头出来时变成了豪猪
并带着一群石头,成为我视觉中
无法看管的别的命相
我知道天下到处是挣脱术
不然就没有花容失色这一说
一些长相很急的东西
从来不与我们讲理,甚至
它们穿的鞋也是左右边反串的
反对我们的思维和习惯
死无对证,也显得难以克制
今天再读,它又闭合了
相互间谁在看住谁
倾向性或刀走偏锋都很合理
当中的什么睡醒后又入睡
我明明知道过后它们还可能再次
无法无天,但现在终于安分
终于说,我已颜容尽显

2018-03-17

我的脚底板

发现脚底板比狗的鼻子更有嗅觉
也懂得认路。每次醉酒
大脑死掉,它俩便贴着地面一颠一嗅
一路嗅回家
不得不怀疑这货的另类思维
经常一左一右地耳语
朝东或向西,带有难言的心计
比如我一直想去你的家
就被推脱找不到门,说鼻子坏了
哪怕你的门已打开,怀有天下无贼的迁就

2018-03-01

雄鸡

经过一番铁心的观察,我终于认定
即使怀有禽兽之心的人
也不敢伸出这般舍我其谁的利爪
来容纳谁也帮不了我的忙的方步
再靠近点评论
甚至生就百媚而屠宰场就在附近
再看看我们的地面
千声万色的人,有哪个不是边走边丢下
一地鸡毛,不是走着走着
便感到下刻就要挨刀子的样子
它只要一打鸣
便有人自许:是不是这一天中还有一天

2018-02-25

神仙一直在边上发笑

我正在做与已做过的许多事,神仙
一直在边上发笑

比如那天,我装作一只蚂蚁
躲在草叶下睡觉,那头狮子
正一路追赶羚羊
被我伸腿一绊,狮子便栽倒在路旁

又比如现在,我作为狮子
正一路追赶羚羊
睡在草叶下的蚂蚁,突然伸出一腿
我便一下子栽倒在路旁

2018-02-12

一想到那些邻居

一想到空气中还有许多我看不见的邻居
麒麟，九尾狐，英招，飞廉，当康
这些蒙着脸或者被传说
抽去影子的精灵，使我对我所拥有的
修辞学，又信心不足
一想到我模拟的仇人正在
为所欲为，将月光一平方米一平方米地拿走
我越来越陷入黑暗
明知不够用，我还是动用了
不够用的修辞学，一声声叫喊
"谁快来帮我！快快帮我！"
坚信有人总不会背信弃义，将我看作
处在弱势的人，哭了很久的人，不能舍弃的人

2018-02-06

断章

坐在半坡石头上,脚下城池人猿对骂
一城人看去都是我的,我像村长
村长老爱骂黜自己,看天,看云
也可以这样说:好吧,你们玩你们的

2018-01-17

我私下里养了那么多东西，十只老虎，一只蚂蚁

我私下里养了那么多东西
十只老虎，一只蚂蚁
遥远的天边几颗具有私人小名的星星
那群神出鬼没的蓝鲸
太平洋洋面上今年第某号台风
一罐月光，取于山顶上枯坐的夜晚
总有个声音在威胁我
说：我要杀了你
我说：慢，我把我养的一样样拿给你看
结果这人就改了口，说错了
我不能杀你，我也杀不死你

2017-12-18

谒李叔同净峰寺留锡处石室

在一个最好的时代依然能看到
李叔同自制的便溺处
同样,这一是一二是二的下午
天上还有说不清道不明的雨水
对我的头脸洒下几滴,又立即无影无踪

我爱这座儒释道相依同处的奇山
变形与寄存手法多端
满眼乱石,比世道中的拥塞
分出了更细致的分道与扬镳
某处有仙人登天的足印
显然,在世的人,都有逃遁的子虚乡乌有村
更爱先生的隐与显,有形与无形
在山顶呼啸而去的大风中
人间留下了人间,肉身却不尽然

而你我一定有孤清时的排除,比孤愤更不得法
一泡冲天,对着满天下的这声名鹊起

2017-12-03

今夜我在酒中,不在你的手心

今夜我在酒中,不在你的手心
不在你的手心,另一个谁便立即说:多么好
永远以来,永远的人,喜欢像我这样
在酒中把自己拽出来。今夜被拽出来的人
都要去乌有乡。而这么好的酒
为什么君子喝了说好,小人竟然也说好
一想到这么好的我,与世上一些坏蛋
正在同销万古愁,我心顿时安顿
原谅了好人与坏人,可以一同逃出谁的手心
今夜我在。我在酒中。又一个
心有所叛的人,说乡愁并不是你说的那样
今夜我呼啸而来,又呼啸而去
谁也别想说,我还在你的手心
今夜天大地大月亮大我也大。众多的风
正吹过众多的人间。众多的小脚
也被授予众多的路。一切正按古老的步法
面对三千里江山美色,左一脚右一脚
每一脚踩下去,都走在另一具身体的前头
他们说,别管他,放这个人走吧
多么善良的话!说出了一个叫不住自己的人

2017-11-21

去远方,去谈论身家与背叛

多么有趣的事件,我陪着我的身体又要去远游
拉拉扯扯,仿佛这是两个人
从难以取舍,到难以区分谁带领谁
山河殊异身与心,去留各留有一手
总有个要脱身,变形,不认
我拽他,他也拽我,为了那渐要迷人眼的风物

2017-11-16

陈皮

多年之后。在我们小城。在我们街坊。在世上
有人在逐一问过老虎皮,桉树皮,玉石皮
地皮,人皮,难以察觉的皮,比鞋底还厚的皮
之后
提到了陈皮。紧接着,内心顿时混杂于该用什么量词
一张?还是一件?或者一粒?甚至,一钱?
它始于羞红,自我存放,气香,味辛苦。人间良药

2018-10-23

送别

突然想到,从地表到地层之间的温差

从此成了你我之间的关系。并录下

一份资料,表明什么叫冷暖自知:地表是 25 摄氏度

珠穆朗玛峰是零下 30 摄氏度

一万米高空,飞机外是零下 50 摄氏度

地球两极,零下 80 摄氏度

月亮的反面,零下 160 摄氏度

冥王星,2K,也就是零下 271.5 摄氏度

那么冷,一切已无须赘言,也遥不可及

有时我想,在这个温度与那个温度之间

所有的动物都是顺从的

而人体的正常温度

口腔:36.3 摄氏度至 37.2 摄氏度

腋窝:36.1 摄氏度至 37 摄氏度。再多或再少都有问题

问题来了,现在你在地下,我还留在外面

冬天,地下比外面一般要高出 3 摄氏度

夏天,又会凉 3 摄氏度

这多出或少掉的 3 摄氏度,对我而言都是一场大病

2017-10-23

有时可以与白云谈谈心

无端，无聊，无心思的时候，一两朵白云
来到头顶
是最好的时候。深究这当中的
美妙关系，不可言
甚至有心事托付，只需向头顶上打一个手势
就有花朵落下，就有
多管闲事的人
来管你的事。你两手空空
被问：你就是蚁群里被当作巨人的人？
你的掌心立即拥有了某种手感
像莫名中收到一条信息
"九点前一定在老地方见"
不知道是谁发来的，被约定却已成事实
这就是平白无故，更非黏黏糊糊
从一个人变成神，能呼风唤雨
甚至也显得不紧不慢
就成了。在空气的另一侧
或者是上与下，有个谁依然是暗暗关心你的芳邻

2017-10-18

网络时代的个人密码

来到网络时代,我就赶紧种篱笆花,砌高墙
记下一些通往个人空间的密码
活出个地下工作者的模样
这边描绘一朵桃花,那边开出一朵牡丹
人家不想知道的部分,我都要牢牢记住
被我偷偷养活的几只蚊子或蚂蚁
如熟谙某人身体上的兴奋点
通向地窖的暗道,大地深处有哪些灯盏
一个盖子,一个瓮口
暗暗发笑,一个老神的口袋里
也必须有几块零用的铜板
这一切,另一个明眼人都看在眼里,那个黑客
佯装什么也不知道,依然与我点头,微笑
对我说天凉果然好个秋
又道上帝不想要的,巫也不要
而我小腹下处那块胎记,他早已摸过多次

2017-09-20

我的第二天

问这问那,这一生,已接近
无话可问
无话问也是一种问。问夕阳
夕阳正落在疯人院的屋顶上
这是鱼贩子的黄昏
鱼摊上,还有大堆卖不出去的鱼
只好撒上一层盐,这也是
我的第二天
鲜鱼变成了咸鱼
你别挑三拣四啊,这鱼我已贱卖

2017-09-18

戏中人

又一阵的锣鼓声中,将我写在
剧本中的那个人,推上台
先是行走在一种叫西皮流水的调子中
后又回到曲牌名为江湖叠的步伐里
身份开头是志薄云天的大雁
几番唱念做打后,变成遗落在江滩上的
麻雀,他擅长抖云袖,相当于
我们说的,罢了,罢了
在谁暗中动了手脚的换场间
经他长袖一舞,永怀绝望
与心有不甘,便有了
各自归位的东西两侧
一个戏中人最拿得出手的就是
自己的命,又伸手摸不到脚下的水深水浅
当他唱到虚无,死日便到
乙亥年白露,提前来了一场大雪
有人要他提前上断头台
断头之用,用于大水落而石头出
锣鼓一阵紧似一阵,有情怀的曲子
有时也很难唱,唱一半常没了续命的
调门,追魂鼓接踵而来

而胡乱中的小命不长眼，总是敌不过

更胡乱的小鬼

但你必须先入戏，进入他们说的

这一出。是与不是。爱与遗恨

可以属西楚，亦可归东汉

台上小步一圈，日月失色

观众纷纷责问：这戏唱的是哪一头？

既没有秦腔的寒烈，也没有

川剧的变脸，又是一番合理的老调重弹

老调不重弹，哪来的

桃花如火，再现一春？搬凳子回家的人

依然在棉被里不睡，想写戏的剧师

为何不救他一命？

乡亲们啊，如果能救他，谁来救我？

2017-09-15

三人颂

聚是一团火,散是满天星

我最早的剧本是写一个小沙弥去告状的
写到了铁,铁的心。也写到了悔
让一个正直的判官,悔成了举步维艰
剧情袅绕的还有读书中的错位
将孟子读成了苏格拉底
原因是炉火升起后他们都说到了
什么是成心与后来的心成
这几样东西黑夜里相互抵消过,花与蝶分离
后来天亮。这一天又成了模糊的一天

2017-09-13

长声吟

人世也是太小的世,屋瓦连绵

我又遇见了你

民间有摄魂法,还有赶尸术,变脸咒与隐身符

问我是谁等于在问花在东风哪一枝

人生只有两天,白天与黑天

从树洞进去的蚂蚁,一会儿出来

已变成长有翅膀的昆虫

且看人人所要的相见欢

且认清虚门与实门,活门与死门,左门与右门

开了又要关上

2017-08-20

扫地僧

就让我到你的寺里当一名扫地僧吧
在经卷以外负责一块地皮
让我躬身于落叶之间
跳虫之间,落日与云翳的纠缠之间
一人向隅,对谁不无次要地
在墙角,在石阶上,鸟粪堆积的地盘
跟自己有仇恨般
不断挥动扫帚,扫这扫那
扫出一块菩萨许可的地面
晨风吹来,反对鸟鸣里也有纸屑
关在偈语中的老虎
不出意外地在外头落下粪便
作为这里最无修为的人
青袍穿在身上,我毫无因与果
毫无晨钟暮鼓的忙,菩萨许诺的沉
一点都不能着急啊,着急的是
大师父赶去超度的脚
我计较的是,黄叶要黄,青叶要青
虫子扫走,过后又要再来

2017-08-10

练习曲

她又在对面楼上弹奏这支曲子
在找空气中某颗痣子
确凿的位置
一条河流有走投无路的样子
并有几块垫脚的石头
谁在暗室中谈话,话锋一转
停下喘过一口气
显示出彩虹的弧度
而厘米度量过它
像我还是要瘦下来
那处也有个腰身,光辉
在拐弯的间隙里刺出
敬仰的神说有了
只有这个指头的深度是恰好地
触到了月光的咽喉

2017-08-08

虎崽在长大

虎崽在长大，在你我也在相传的传说深处

虎崽在长大，写下这几个字

它的心脏正长出野性，不服气，蔑视我们的鼻息

它已经额外吃掉了自己的两颗牙齿

虎崽在长大，群山在接受一个问题

它散步回来，夕阳认从地又从西山升起

河流映入了一个崭新的倒影

世界的这一天终于开始，时间也得按它的时间计算

2017-07-10

带口信的人

伟大的行列中,不断有人摘下了顶戴花翎

火焰变成木炭,在花名册上除名

华贵的名木运来,半路上变成了另一棵树的花纹

你不会,给我带来口信的人

未问客从何处来就从天而降

东方的二十四节气,寿命,草药歌

以及,又要照耀到我那西窗的那轮落日

带着某个原生地的口音

捎寄来的话依然如约而至,大珠小珠,有命必受

2017-07-02

更迭

一窝小狮子,八只,它们的父亲叫T先生
被另一只"流浪汉"摘掉了王冠
最好的战利品是它的所有妻妾
但八只小狮子必须先死,这是小密码
母狮们才可以重新发情
在活命瑟瑟必须顺应自然法则的阴影里
它们最后一聚,探讨什么是在劫难逃
什么是必死无疑与人人自危
以及有没有好一点的死法
只有叫"瓦解"的这一只另立一旁
对非洲草原的黄昏一嗅再嗅
像个旧朝廷的小臣,舔了舔自己的小爪
感到这小爪,再也不能用
并突然意会到什么叫余晖,星斗,无常和时间

2017-06-22

良夜

良夜不单是宽衣，上榻，灵肉相对
还是针尖对麦芒
几万米高空，你丢下一枚硬币
落在我放在地面的罐子中
良夜天下无贼
但这刻，我对空空的四壁说了一句黑话
是说给你听的
在另外一个的房间里，有人说：贼来了

2017-06-20

狱卒

监狱里来了个有名的囚犯

我是这货的看守人

本是老虎收山的地盘，现在成了

一颗小行星的黑房子

南山下的一株名菊

活在不断悔过与反向的秋光中

在青山以外

验看这似云似雾的转换术

我不断长出了复眼

为的是适应龙与蛇之间如何蜕皮换衣

适应我一再描绘过的

大术不轻用的训诫，这过程

我目光炯炯，时间宽恕他的我也宽恕他

2017-06-16

错觉

你一定难以确信的是,从菜市场捏回来的香葱
为何变成了大蒜?在那个打雷的夜晚
闪电划过一下,再划过一下
一件家具毫无道理地重叠到另一件家具身上
试图归纳出相似的木纹
而窗外的树在找别的树
整整四十年,这些事一再地发生
我躺在床上,有十具身体交付你辨认
其中的一具,哭着,喊着,怎么也接近不了你的身

2017-06-07

最后一支赞歌

我愿意把最后一支赞歌,献给大山间的女人

她们的肩膀,丰满,浑圆

腰杆和大腿,是一种力再加上一种力

每天走相同的路脉,像听命,小步如飞

真正的丰乳肥臀,什么叫投杖成林

什么叫插箸长竹

她们就是

仿佛生来就是一块好田,相夫,哺育

种什么,长什么

浑身溢出土地的香气,花溪,果林,忠诚,到处都是

2017-06-06

反绑

一直在练习如何将自己的双手
反绑在背后,也不说,现在起大江浩荡
我的后半生开始了,现在起
这双手已被别了过去
不再是要这要那
它们反别过去,时光才跟着背过身去
并完全地空出来,显得有点失算
我不再动手动脚,也不惊呼
有人正在顺手牵羊,或者
我反扑,但是说:我并不想与你打架

2017-05-31

国境线

知道吗？从那个国家上空飘过来的是一朵诗人
知道吗？从这个国家地上潜过去的是一棵植物

国境线每天都发生这种事
也无法使用准确的名词

有时是一头老虎，但同时又是一盆泪水在偷渡
有时是一片落叶，却明显又是一只豹子在越境

2017-05-26

孤独

我可以毫无才情地告诉你，这孤独
是你的初恋也是我的初恋，我们共同爱上
这妖精，爱上不堪，爱上来回扯
你爱你的上半身，我爱我的那三亩野樱桃
这有点乱掉的爱，说出来很是不齿
可是，那么多的人也想分走一杯羹，为她
叹息，她有值得共同暗恋的美色

2017-05-12

桃花潭

四月,桃花潭,岸边也有三李白
水里还有百东坡
时间的折痕时隐时现,万物不空
似乎,没有谁不认得谁
人群里要乘舟而去的还有我
岸上人不认账不授权,也不阻挠
说一千多年前的那条小舟
一旦掉头,时空里被人一做再做的事
便会成为另一番事
只有潭水里的人影是非难辨
只有流水看清了人心的孤立与汇合
李白的诗孤掌难鸣
而我只想与谁同享天理
同享这春光里的归去来
这里的鹿就是我的马
前提是在谁留下来的江山里
我厘清了迎送之间的名分
厘清我也有一腔流水
也有放弃昨日与明日的精神漂泊
且让我挖东墙补西墙,为自己踏歌

指认岸那头的高士名叫汪伦

他想抽刀断水,我正夺路而去

2017-04-27

语言的清除

比我的语言更颠覆的，是那天闭着眼
往天上放枪，就有鸟掉下来
也比我把肉包子打过去，大黄狗
立即变成了小花猫
具有更不可告人的怜悯
对语言的使用，我的习性是
可以隔一座房子判断到
另一个谁正在活动的尺度
事实是那人已离家
正在一百里以外，绕回来还要说道
天上的小鸟根本不知
瞎了也会打枪
在大黄狗与小花猫之间
也没有人通知它们做身体上的变换
语言对我一再的清除是
把左手还给右手，可右手从不认左手

2017-04-13

脱离大地的几种练习

第一种是站立船头,大地随江水
不断退后被丢掉再丢掉的感觉,很是优雅
第二种是在床上继续做梦
所有人被甩开,皇帝给你开了条路
第三种是当宇航员,火箭助推
你是国家挑选的人,可还得回来
另几种得看你的心机
也许你真的能成
比如,找我吵架,你赢,便上了天
因为我认为这悲催的事
许多人都在一试再试,相当于
狗急跳墙,走投无路,与全天下人为敌,等等

2017-04-01

你在向阳坡,我在阴凉处

生命一开始就有人是刀口,有人是刀背

你在向阳坡,我在阴凉处

谈论你锋利的人,都是急先锋

间歇处有的撒下一泡尿,又精神过来

隔着一道山岗,我抱住自己

在等午后的阳光,面包的小碎屑

坡那头,谈话热烈

都是闪光的身体,你们张开的样子

令蜜蜂嗡嗡地叫得欢

我这头是旧朝代的暮年,时间可有可无

阴影都堆积在这一头,日光来了

许多人又该收摊了,像传说中的枯荣

2017-03-26

我的南方口齿

感谢伟大的南方给了我

含混又多维嬗变

跑来跑去的口齿

感谢这道门与那道门

明门与暗门，偏门与正门

互为地打开

显与隐，有与无

感谢泥沙俱下，不让，不管

洪荒般奔突又不容阻碍

感谢不让不管

我一说，便又是一个雨季

江南的草木遍地疯长

2017-03-21

弥合术

在这令人发愁的世上,我也练习过
一些瞒天之技,并永不认错地
写下许多似是而非的话
用小诗,把一次日出说成有十九次之多
并为此流下了眼泪,为的是
这谵言竟要命地指明了我
与世界的貌离与神合
多少回我自况自喻
在人神之间迂回与认定
弥合术为我一再地移花接木
我对自己说:要坚信虚浮的另一头一定有落实
混世,从没有黑到底的事

2017-03-18

皱褶

想到皱褶,比如阴阳,比如黑白
比如爱与恨发力后,爱与恨不在了
但抓痕上还有发热的喘息
阳光要去森林里,不知浓荫下还有别的把戏
举棋不定的手,留在棋盘上的影子
大江东去,有人却倒下了一车的垃圾
语言要发散,偏又被我
在里头做了太多的转换
使文字停顿,不知如何是好
该结束了,我这般慎重地再次说出
你这头还有疑惑,要让一朵
开过的花,再开一遍
这些都留下了皱褶,阴影多么空白地展开
春风不再度旧人
只让人看到自己越来越老的皮肤
而门前与旷野也多有不畅
群山绵绵,小道弯曲,登山顶还有三公里坡度
气绝的感觉,总在意外的
好天气与坏天气中,也无论你
穿的是旧衣服,还是新衣裳,你又要荡气回肠

2017-02-19

磨牙

那张人神争相掌权并都想染指的床上
我很难说睡就睡,或者
一直是半睡不睡,甚至从来都在装睡
我磨牙。深不见底的
万籁俱寂中,每一夜都弄出了
不可告人的声响
类似一门功课:在空空如也中
如何咬掉一条铁索,一块骨头,一碗铜豌豆
对谁咬牙切齿?面目怪异又自作自受
疑似痛切,却是对空而战
越来越不可捉摸的品相是,一个人睡去
仍然叫悬而未决
他们归咎于无关紧要的牙虫
从不提这停不下来的磨牙是个人间课题
只有我偏要说以牙还牙
说到空气中那些硌牙的,留夜里我与之相搏

2019-01-26

安魂曲

是死去,还是去死?在我村庄,说的是
回去。用的仍然是个动词
有点来回扯,从这座房子转身到那座房子
这个村庄与原来更早的村庄
又返回唐代,或者更远的魏晋某年
不敢看当中一直奔波的脚板
有人还制定了颂词,叫归去来
显得善良,从容,快慰我心
让人看到了落实,以及这事与那事
都可以不慌不忙。放心吧
有心底的地盘做老本,用旧的
自己,在那头还有一个家
甚至谁已把柴扉打开,扫出了门前的小径
这真是个好安顿,谁也没有少掉
一想到自己不可能走失,只是从这头
拐上归乡的路,身上的风尘便可以放心抖落

2018-12-25

三人颂

难缠的事

多么难缠的事,十万次从这道门
进进出出,十万次
被这道门夹住的是我的影子
我的身子在门外叫,也在门内叫
没有一个神仙理这件事
也没有谁提醒,侧一侧身
避让一下,或提起裤脚
类似歉意,以免被什么钩住
十万次,都是我的影子
在离我一两步处,被夹住,疼痛得
快要被撕离,有难舍难分
也显得死也不相从
肉与骨头的分合也没这般厉害
并且没有一把刀子,可以挥刀以决
一刀两断

2017-03-29

止痛药

屠夫习惯洗手,戏子习惯洗脸,我习惯
用止痛药骗一骗胃疼
我的朋友李白,也习惯写下些喝酒的句子
以引发人们对月亮及白云的向往
长期以来,我暗暗思忖过
自己的胃病与李白的喝酒是何种关系
或者,他的病,只好由我来吃药
这只好两字很没有理由
却有一脉相承的病灶金光闪闪
天下人共同的药书
只有四个字:一洗如初
也问了又问,借酒寄命的李白
是不是也像屠夫与戏子那样洗手又洗脸?
洗了手他会再去做什么?洗了脸
还是要与天上的白云和月亮相见?
旧病复发的我,那天在河边
一再想人有病天知否这句话,想通了
止痛药只是用来止痛的,病痛从来就是病痛

2017-01-26

剃度

一遍又一遍模拟地把自己的头发削下
举起金黄刀,落下娘生发
有声音在一旁响起:"反对不能理解的举动。"
一尘不染,清理门户,为的是让一个囚徒
净身而出
而除草的人正在田地里骂骂咧咧
说大地就是一张皮,皮开见血肉,肉开再生皮
他有经验。他能从一说到零

2017-01-05

任何的死，都是羞涩的

这是一年的最后一天。想到人间的
集体告别。想到去日无多这四个字
还想到排队的份额轮到我，恰好没了
我不知是该沮丧，还是该自责
那年，父亲将死，我带年幼的儿子
回乡下，要让这小子知道
什么叫见上最后一面
这个老实的不知语言有什么功能的农民
只轻轻拉着床边小孙子的手
半天没说出话，在我这头
这就叫永相离，在他眼眶中
除了怜惜，还有一份自责与羞涩
好像自己恰好领到了死
好像死去是一件对不起大家的事
并发现，与谁还有诀别这件事，这很羞涩

2016-12-31

消弭术

瓮,青铜,玉石,安放它们的时间
都有消弭术,都有月光一样的皮肤,出现或拿掉
只有我的束手无策,无法隐身
老虎吃人,可以死于斑斓
只有我比老虎更斑斓的束手无策
不知如何是好
愁死人啊!我一直提着自己的首级,像以牙还牙

2016-12-27

王者归来

多像是割走的头又回到脖子上，我又成立
在无头山，我又被他们拥立为王
我的旧部，那些散人：
阴阳散人，烈火散人，逍遥散人，抓狂散人
比野草更不讲理地从土底钻出，重归麾下
他们说：王，无头山多年无头
取谁首级的事，你说了算
多像是被他们找错的另一个人
我拼命掐住身上的一块痛处，让神经醒过来
第一道指令是：先把我的头取过来

2016-12-26

命门

我不告诉你它在我的哪个部位

它的时钟和它的城门,那地方有火攻

或水攻的私密通道,还有

类似于秘诀的口令,第一道门与第二道门

最里层的是一片花地

那地方无话可说,能见到的人

都是可以随意取用它的人

我百毒不侵,封闭,暗无天日

现在已无话可说

你已打开了它,我是你的,你想怎么用

就尽情地拿去享用吧,你来践踏也可以

2016-12-21

一做再做的事

左手把右手抚摸了一下,像在征求意见
得到的同意其实是假同意
向头顶的天空说了又说许多话
其实只有一句话
拐了一个楼道,又拐一个楼道
人依然在笔直向上的梯口
慧能也是这样,在面壁中,听见了无数次
字正腔圆的石头在说话,但没有一次把话说清楚

2016-09-07

第三辑

太姥山（长诗）

太姥山，是领导天下石头的一座山。

——题记

一

我爱的这座山其实就是一堆危石
一座山全是努力的石头
每块岩石都在引体向上

武僧们曾在这里叠罗汉
石头的脚与石头的手都是有用的
顶住，托起，或撑开，都是想法
也有的说这双手应该举得高一点，要感触
空茫中的允诺，以接通云天的梦呓
相互成全，轻声作答

天下最有硬度的汉子们，在苍穹下
站成了各自的位置，像在服从
一次集体的命令
又毫无知觉地
放弃了作为肉身的念头，一场哗变之后
变成一种陡峭，成为白云的遗言

看到就感到我也在当中,与石头们
有着命中的共时性
在石头中间,我有许多在人间已失效的眷念
我现在暗暗努力的事,也在石头们的把握中

二

那天,一个疯子在山脚下大喊大叫
"都不成啊!看这遍地的坍塌"
是的,最坚固的海市蜃楼也不过如此
无序中却有万端的逻辑
仍在服从女娲娘娘用石头补天的手段
岩体的位置感就有心机
多少年,我们所信赖的力学
还是很用心,巨石们似梦非梦的形状
在裂缝处还在抱成一团
而永远不能澄清的是,在夜里
一些石头会像突然走失
雾气中,石头好看的表情
也在时常改换,有人会在当中
突然神经质地站出来要大声申辩什么
并不与我们认定,日出便是
时间飞逝的起始,而被它们吸进身体的

月华，鸟鸣，流泉，雨点，又归顺于

我们的同一个空间

接受这未完成中的残局，再看守一场

曲终人散，其实还有这漫山遍野

静默的喧哗与硌手的冥思

三

这是一处遗址，质地有点光辉

雄浑的气息还留有谁的汗气

每块石头都在向天呼喊并显得心有不甘

在气势浩大与不可收拾之间

乱石相互交换着各自的依托关系

仿佛一阵喧哗与骚动之后

被群峰巨石推举出来的人，突然有了

要动用这千万万铸成铁血的主张

这结局神仙也不敢修改一笔

在那座叫仙人锯板的岩峰上

被锯掉的石板一定还要被

用来铺路，向天的台阶上，行走的身影中

有你也有我，沿着仙人指路的方向

往云端走，也往自己的内心走

为什么？最后又有这千古遗留的散落

垒成云天下迷宫般的乱石堆

不可问，却是一地的辉煌与悲歌

四

我想到这就是建筑学

乱石之中组合成天地的不作之作

"有种秩序是由混乱组成的

并且是不敢得罪的高不可问"

一整片大手大脚的样子

显示了大艺术与大手笔的不怒自威

石头们全是活的

活得天机不泄，流露出

大兽们天生的骨相与性情，身上

裂开或者完整，走走停停间

仍然傲慢，不可一世，有逼人的坏脾气

那一脸不屑，总是在说与不说之间

而远处山花烂漫，草丛间还有鸟儿问答

这些又算得了什么

五

要当心哪！要当心的是

这里的每一块巨石至今仍然有自己的念头

岩缝间难以觉察的阴影
稍不小心就会燃烧，让人发出惊叫
有些岩体必须反复地阅读
在禁止与翻越之间
有无名的孤愤，也留有借力攀缘的承让

更多的岩石对天地有了顺从，证明
自己也有虚构的心事
可以任由谁的辨析：转过身，趴下来
或者倒立着，为的是
让你看清，谁都有
似是而非的身世，那曾经发生的
在通天的路上还会发生一遍
　"所有的隐与显，彰与抑都有隐疾与不堪
它们有点乱掉的序列，也很辩证"

六

这沉重的研究都关系到垂悬与静止
露一手便会显出石头们的动向
云端的路已被人抽走了梯子
那被叫作金龟爬壁以及迎仙峰的景点

人迹永不能抵达,正是神仙们

测试人心与陡峭之间的悬空处

攀缘而上的人们,一遍又一遍作鸟兽散

而具象中处处有幻象在交头接耳

七星洞里有块石头突然伸出了

一条小腿,这完全正常,说明

这里处处有暗暗发作的力

在继续享用着上天赋予自己的

神性,这座山到处设置了

没有由来的入口与出处

我们要延续的话题总是在

变得逼仄的石缝间突然就有了新去向

群山间又有座夫妻峰,天地间的爱

又被凝固住,只有忠贞不渝

比花岗岩还要坚硬地担负这永不变心

说到什么是停留,什么又是

永远不会留下折痕的承诺

聚与散在乱石中服从着统一的呼吸

使每块石头都拥有各自的情感

七

坐在陡壁间的一片瓦下

喝着太姥娘娘遗存下来的白茶

我还要问：这些石头从何处结集而来？
它们都有自己的身份，在诗句里
这块石头姓张或另一块姓王

风声里与手感中，我摸到的岩壁
其实也有某条鱼的心跳
它就被人叫作木鱼石，在它的
生命里，潮水从未退去
这成全了某种优美的联想
一块石头甩鳍游来，后面跟随着石头的鱼群

有某些一定是从北方的天空游过来的
当石头们被号召，在云雾里泼剌
谁是谁的前世？谁又在聚散中忘记了返乡？
而后听到了一根根骨头脱节，变成了
集体的梦游，后来这场梦便成了一座山

站在山顶发现，为什么这里
九座巨大的高峰被人叫作"九鲤朝天"
向上的力正托举着人心的奢念
那是人心中永远有无法无天的穿行术
爱上了天地间的来来回回

服从着我这种自以为是的逻辑
这里应该还停泊着一支浩大的船队
因为停留太久,越来越沉湎于
对自己的研究,有一些星星
在为它们校对罗盘,神秘地导航

八

是的,散落一地的大石小石,开始接受
后来各自散开的生活
仿佛是遵奉了谁的旨意,在光阴的
开合中,成为逻辑怀疑者
也开始守着心事,终于
变出了一副副铁石心肠与回天乏术的模样

永不开口或成了对天意最大的忠诚
每块石头都领到了
自己的形状,与兽类无异
也有自带的明亮的身世与故事
从争吵到最终的沉默

最峥嵘的那座岩壁也在集体的次序里
在山顶的摩霄庵中,僧侣们
正把云顶的生活,过成

地气继续上升的生活

而如此峻拔叠嶂重重的太姥山
石头们必定要遇到,谁踩了
谁的脚的问题,或这一块
站在另一块的肩膀上,辩解着
已烂在内心的死结,没有谈笑风生
并忘记了这是自己的时间还是别人的时间

我永远不知道,石头里的高低
是一种什么关系

不许通过太多的争辩
准确地说到每一块石头的嘴
应该长在哪个位置才是合适
更合理的嘴唇一直被
一只谁的手捂住
不容反驳又憋不出话的样子

当道理比任何石头还要坚硬
满地的石头才有了向天领命的问题
人间也从此有了采石场
慢慢在学习的人,心肠都开始空掉

比如白云怎么呼吸,石头也怎么呼吸

而后,每块巨石都褪去了衣衫
在相互错开的辨认中,继续成为彼此的证人

九

在一堆乱石间的小径上穿梭着
把路走通的人,都是觉悟的人
头顶远去的旧朝代
也是来来去去的肉身
在这些坚石面前,自古只有无言者为大
服从无言,就是为了忘掉如何说话

在一堆乱石间将自己带出来
既相信事物有边门,万世总是留有一径
又要与一群石人谈判
从这条路出去,经另条路拐回
这座山也有不与人说的回旋
那天,我在此走走停停,用一个人的孤独
与石头达成了完美的合作

十

四面坚壁,石阶寂寂

听一听自己的喘息声,便感到

石头里也有另一个自己

也在大口大口地呼吸

站在乱石间,显然感到

所有来到这里的人都有来历不明的叩问

在人心与石头之间

永远的问题是,那个被叫作

铁石心肠的人

他是否真就是某一块蓄谋已久的石头

也在向上的未完成中跌落

成为一块永不认输的铁石

说到这,我也问自己身体的门在哪里

服从着这盘诘,明知自己是

坚石不可问中的过客

又仍然赞叹这堆浩大的石头群

在时空中有种随时出手的冲动

令我寂寥又浮动

在时光中如此坚硬又轻若游丝

十一

面对一群乱石,有如面对

天下真实的迷局
作为乱石中的其中一石
从了自己的命,才是从了某种传说的威力

想到天上的白云与自己的肺活量
攀登的人也想到了
自己就是个迷宫。我们与这些石头
坐在一起:我们在翻动书本阅读石头
谁也翻阅了我们的骨头
攀越过这众多的叠嶂后
突然明白,凡是千古说得通的文章
总会为一个书生留扇石缝间的命门

十二

我爱这散落一地的未完成
爱这聚与散。活脱脱的形散神不散

被迫停下来的力与继续向上的心
都是传说,在虚构里面继续发力
散开,又互动;质疑,又鼓励
作为向天问话的一群符号,你们保持着
踮着脚的姿势,有须发飘动的样子
只有一路走上去,才能成为

天底下谁与谁的大师父
每一步向上攀缘的主张

依然适合打通人与石之间的前世与来生
也记得这座山最初的神旨
从多条路的纵横集结中拢合一体
我与你相互对望,每一张
叠嶂中的脸,突然就有了玲珑心
"与石头一起到天上去",这句话
依然是未泯的愿望,可以一讲再讲

为了这,在雾气中问路的人
请你将手插进花岗岩内部,取出灯盏

十三

想起我的热血以外,每块岩石里也流淌着
滚烫的热血,我就想
未完成对这群石头的命题
是对的,形散神不散也是对的
想起岩体中正荡漾着你我用过的时间
我便同意,头顶的星星们正在阅读
与我一样的书,作为群星中的窃窃私语者
当我向天问路,便是我也有

举起一座山的力，为了这

天地认可了这座石头山的种种企图

说岩群早已在这个人心中列队，一燃就着

嗷嗷叫的石头们，依然

被自己的热血燃烧着踮着脚

每一块岩体一转眼就要飞走

它们那怀揣着与白云们一起飞的主张

太姥山，是领导天下石头的一座山

> 初稿于 2019 年 6—7 月，再改于 11—12 月

古玩传（长诗）

凡所有相，皆是虚妄。
　　　　　——《金刚经》

一

没有入史又入土不成的古玩们，有许多

可信可疑。比如青铜或瓷器

会偷偷变成两块泥巴互换身体

相似的影子，靠拢，带着

蛊惑的气息，过度处，花影摇晃

不同的名字在睡眠中各自惊醒

变成春华与秋实，也变成

混为一谈；变成专业度很高的辨认

有相与非相，都列于高堂

烧出它们的年代也相互串位

唐代的窑火，在元朝的另一件上

偷偷蔓延，显示了当中的火

在穿越另一个传说，并具有

对谁都不想认账的坏脾气

譬如街边，有人从衣袋里掏出一块

月亮的碎片，另一个人

则立即把自己的长发甩成彗星的尾巴

二

在我眼里，本来它们只作为气体
摆设着，后来却有老虎
闯了出来，这让另一件大为惊怵
以为这是在谁的宫廷，这么多
无常的变化，都来自
那些被烧制出来的表情
瓷的或铜的兽，依然本性难改
你有人皮，我偏偏有
铁石心肠，在很浅的光阴表层
带有各自不为人知的疤痕
如花绽放，又如梦如幻
仿佛这样才符合空气中
混合的气息，用手摸上去
便惊心时间又要脱皮
晃一晃身体的龟裂处，反而有
不留痕迹的愈合，以此来反驳
我们的追问，感到全天下的窑炉
所有的用火都是假的
灰烬，重新返回一棵棵参天大树
而我的身体反而到处在漏水
隐隐作痛中，感到我们才是一件

没有烧制好的器皿，或者
搬运中被谁有意磕碰出许多裂缝

三

如果我更偏执一点，则可以论断
它们不过都是些逃亡之物
真真假假的身份，已不必计较
孰轻孰重，赝真之间
可以统一归咎于各方的传奇
但在镜像里，鉴定家们无疑都显得
大手大脚，他们贴上的标签
在我看来在逻辑学上
都显然暗藏恶意，他们最多
只证实和看住万物的死和苟且偷生
却从不在意假话的说与不说
自己的身世，这让人舌头打结
它们其实都活着，这刻还对我
做着鬼脸，模样极端顽皮
我们的目光不可用，我们没看到
当中有人又踢翻了凳子
还大笑一声找到可颠覆的替身
再来颠覆我们的辨认
要我们把话再说一遍，让我们

带着不甘,却服从于
这看不见的变幻。是与不是
再也无法相看两不厌,再也不能周全

四

这一件件凭空捏造的东西
件件都难以伺候,它们都是
无法商量之物,让我们
反而多余了出来,仿佛已成为碎片的
是我们的身体,我们想反驳
是一件件从炉火中出来的瓷
时间里太多不讲理的顽主
一直毫不客气在暗中做下手脚
它们在木质、陶瓷、铁性及青铜问
长有相似的骨头,也有着
共同的病灶,及多出来的小尾巴
许多夜晚,我屏住呼吸
窥视它们的走动,还在第二天
公开过它们奇怪的足印
以求辨别,这些形状与尺寸的
可靠性,当中谁是大臣,谁是仆役
许多身体远古以来就很不老实
并说不清是公的,还是母的

它们一次次向我们转过身来，也不管
自己的合法性，说我们面对的时间
依然是它们的，它们按自己所说的
使语言纷纷开花，嘴型合理
扬扬自得的样子，无法与之打架
也无从下手，我们在它们面前
一败再败，但这不羞耻

五

我们真的从不知它们相互转身的原因
难道它们都有难言的身世
在与我们的相处中，才显出了
难以言表的不信任与错位
因为这交错，反而有了
悬在高处的光辉的理由
何等面目不清地显现但又非常合理地
把一句话说通，含混中
有甜甜的可相互借用的气息
在这纠缠不清的人世
它们让我们纠缠于时间中消逝的
与又要活过来的关系
并由此扩展为碎片与整体的关系
显得一定有另一种倾听是有效的

类似寄生虫的后代

在谈论它们相依相续的遗传学

当中的逻辑性令我百口莫辩

一件旧器是一座孤村野店的交叉路口

更可能是多个朝廷

都得顺从并注定要经过的长廊

太多的陌生人与我搭话

我便混进别人的朝代,成为

正在推磨的人,用一圈圈的盘诘

辨析去与来,隐与显,有与无

任由谁的光阴在我身体中横冲直撞

昨日,来自汉代的一个碗

依然被我用来装饭,可是用餐者

依然说不清老虎是老虎,豪猪是豪猪

六

我得赶紧按住这当中的机关,其实是

掐了自己一把,一堆喧嚣的炉火

立即安静下来,烟消火冷处

我回到了我。似是而非的这一件

与那一件,又穿上合身的

衣衫,回到了我的古玩架

走动的经纬,从一团乱麻中摔成

一地碎牙,又转瞬成为

同时代合理的公民

它们都有可供透视的角度

石头还是石头,瓷器还是瓷器

却暗含朝代之间的纷争

从那张嘴回应了这张嘴

这过程的作乱者始终没人能说清

当初的设置者使用了

什么魔咒,可以把时间

这般崩开,就像我也莫名地

认定自己就是那当中

另一个人,与你们有着某种共时性

作为古玩,你们的面目

是这样的,在诸相与非相间

从来拿你们没有办法

此刻,时间又被要了回来,陈年的

阴影,从这里又回到它本来的方位

虚无也是有秩序的

尽管它相当无趣

重新说话的人,他的时间形状

还在那个圆形上,圆心还是

原来那个点,走来走去依然属于圆心

七

我们总是不习惯否决别人,而习惯于
否决自己。为什么它们还没有
被归类于尘土?其实是我们
还没有带头变为尘土中
那些可以飞扬掉的东西
不死的万物总是具备很多借口
有时是借尸还魂,有时
却活成了另一件东西
我们不是这一件,就是那一件
那人却说:不要相信品相学
不要说人间一定有你的下落
一个玩刀的人在市井上甩弄他的伎俩
史学家却在文字里写到,凡劈成
两半的,就存在于那变成两半的东西
并由此得到了两条命
同时也由此有了时光的分岔路
另一个算命先生也对人说:你走吧
当你碎成一地,我还能把你还原如初
并成为一件收藏物。遍地看去
都是可要可不要的人。可笑的是
许多古玩物身上,往往长着一颗牛头
又生就一张马嘴,这像枣树

结出了酸梨。我在机场安检口通过

用的是别人的名字,走出来的却是我自己

八

没有谁是新的,没有谁同时活在

两个朝代。但一件古玩可以

一件古玩可以替我们走在另一个

王朝的路上,与人评说身上过火的感觉

这感觉有时很细碎,有时

说的就是我们已被成就的证词

我在这里写诗,另一个人

却在他的晋代,在一个叫温麻县的海边

替我生下了孩子,这个人

还可以替代我与另一个女人相爱

现在,这个孩子也在古玩架上

窑火有模有样地雕刻在

它身上,当初捏造它的手感又相当于

我现在写诗的手感

这毫不奇怪,说当中的时空

由谁通向谁已有点虚实难辨

为什么不是来回走的呢?是我们

正在上古活着,古人们

却活成了我们当下的现在

这棵老树，经常会跑到那棵新树中
一辨析就生乱，一辨析天空马上有
两个月亮，另一个我
又会在某个古老的夜晚
与我的家人团聚，让我成为另一个
让我欲拒还迎，像这两件瓷器
在缄默之间，可以相安无事
一旦说出，就会一头撞碎另一方，成为谜案

九

再说下去，我只会更加看不住自己
令我一再错乱的魔镜就会裂开
在古玩与我之间，或我与你们之间
相处多么亲密，又无比虚假
而辨认中又布满了碎裂声
我们立即被谁激活
并找到了传说中散落在碎片中的你
一件古玩，一个多么不确定的
关联词，或者可以像捏泥巴那样
将一种颜色捏成十样不同的泥土
一生二，二生无穷，纷乱的
它们，枝繁叶茂，却从来
不是一减再减，向谁归顺

而在众声喧哗中，是谁又被一一点名

成为这个家族与那个家族

时光里异质共生的传人？

这是一种增多，还是添乱？

我繁复活过来的见识

也这样：说出的三句话

其实只有一句，它也是瓷质的

类似于某个年代的碎片，甚至连这一句

也可以删除

2016 年 7 月初稿，再改于 2017 年大雪

第四辑

我的诗歌地理

靠近我诗歌腹地居住的是这个国家的穷人
中心地带还有一片坟地
埋着已经没有危险
或者,愿意与不愿意的故人
月亮在头顶,是共同看好的美妇人
野草,石阶,季令,都连襟
有从这个词到另一个词的亲情
白云在这部落也有酸甜苦辣的口味
它很喜欢拿自己的偏见
谈论收成,及另一支
具有叛乱情结的物类,它们是路边藤,稗,断肠草
而我用频繁做梦积攒出来的手艺
在文字里鼓动舒缓的风和雨水
来过再大手大脚地走开
这个小天下,形成了自己的地图
我简单的修辞法是座花园,也是迷人的小语种

2017-10-11

睡在天下

家以外,朝东我能睡,朝西也能睡
身体已经服八卦,身体中的
金木水火土,负阴抱阳
又无依无靠,打铁的在打铁,做篾的在做篾
十万大山横卧于两侧,我鼾声如雷
十万火急是谁的急,屋顶有天,头下有枕
睡不着的那天,听鸡鸣,如听训诫
一声。两声。又一声。叫得山好水好人寂寞

2017-09-28

三人颂

捉迷藏

后来。我从那个大木箱里爬出来
我的父母死了
房子变成了别人的房子
寻找我的小伙伴,都已经儿孙绕膝
我是他们的失踪者,他们也是我的失踪者
一下子就有了今昔
有了不容分辩
万物各顾各地作鸟兽散
差一点哭出来的是,他们还记得我的名字

2018-03-26

空气中的蹼子

繁花突然盛开,它们是空气中的蹼子
向诗经中的句子借道而过
有的是水鸟,一天洗十八次脚
仙鹤和天鹅也参与了
这伟大的行为艺术,向光,向自己
滚烫的泪水
浩大的天空可入室,可登堂
低声呢喃,又寸步不让
其中一双是我的,前一阵子
还深陷于个人的泥浆
现在也洗过了脚,言语干净,行为豪迈

2020-08-03

"七"

为什么总是这么饶舌,彩虹只现七种颜色

天籁止于七个音符

身上七窍,像那分身乏术的北斗七星

所以世界不能再多:七天

总是另一个暗房间

堆积着种种命中多出来或少掉的盘桓

不大醉仿佛就数不到十

我又进入新的传说

但依然纠结于无法相加又无法对齐的那个词

叫:不三不四

2020-09-07

戒毒所

这里有流口水的鸭嘴兽,爱摇头的

地鼠,以及错误的公主

他们的身体里都筑有蚂蚁窝

越来越密集的痒

最后成为黑压压的慢

这里在研墨,却是反向工作

从黑磨到白

许多骨头被拆下,敲打,重装

无论是富翁或穷光蛋

所做的工作都是隔空

抓物般,用悠悠的白云来安慰自己

鸣虫带着想飞的人飞来飞去

也有人

要往自己的血管里投河

这里,胡言乱语可能是正确的

比如,一个梦幻家正问着另一个梦幻家

"昨晚,你搓洗掉了

多少条蚂蚁的肠子?"

2020-07-29

三人颂

拍打

那两个不知姓名的少男与少女
我摸不到他们并肩行走的心跳
忽左忽右的弧度与正在进行的话题
摸不到他们身体中的白银
或者星河。他们完全无视什么魔咒地
无视全天下的目光
也许另有咒语,安排了他们去拍打对方
这首诗歌才去管的一对宠物
像歌剧院溜出来的两个音符
说跳跃是可以的,说不是去偷偷埋藏
就是去挖掘地下的宝物
也是可以的,我显然已有些嫉妒
想用个玩笑把他们抓起来
我要他们交代清楚
养天鹅的人用的是什么粮食,相反
被天鹅养着,吃到的
又是什么口粮,以及,喜悦在身体里
打一个手势说的是什么话
如果是用手拍打,对方又说了什么
而你们,一路上一再拍打着对方

总共有多少快乐,要让你们

用这么多拍打才能把内心的话语说完

2020-07-28

修仙记

早年我尝试过凡人修仙

投靠一座山,一片树林,林下有

一直向上走的流水

我的师父是一只仙鹤,白云

是每天必读的课文

为了占卦,我几乎砍掉了所有的青竹

竹签上总写着这几个字:来来去去

偶尔想起人间,清风便

又在耳语:要死要活的事

并不是一人得道,就能鸡犬升天

就能吃一次药一了百了

现在,我有一件很着急的心病

我的炼丹术日臻完善

我的失败却如此怪诞,当我吃下了

长生不老药

这长长的命,却要我把苦头再吃一遍

2017-01-22

又犯春慵，又说梦里不知身是客

春慵又来了，有人又对我耳语：你不是
喜欢沉迷吗？真是个老手啊
每次写到迷途忘返四字，就特意
把往与返剥离开来
仿佛一切迷途都是假的，只为了
去不还，哪怕被骗也心甘情愿地前往
机会来了，有人正在
你的脑袋壳里研磨墨水，越磨越黑
身上这堆肉你再也看不住
它已走进上几个朝廷，那里
有别人的宫闱，说梦里不知身是客
也忘了是刀客抑或说客
但这次在迷梦中已与谁说好了不再放手

2020-02-28

我有大偏见

我有偏见,有私心,并分不清
属于大恶,抑或伟大
永远服从睡眠,头朝东,朝西,向南或向北
坚信脚丫相向的,就是日出的地方
总是避开呼叫自己的名字
早已掂量到,什么是内心最拗口的字眼
人世中我有公开的私仇
到死也不是合作的主,有毒且难缠
在命中养下一些石头
偷偷把汉语改成一个人的语言
最遥远的活偏偏又要最亲近地做
还嗅来嗅去,等待石头说话
这几句无法连缀无法顾盼自若的文字
影响了我相当潦草的人生
却每回又在,那么气盛地扮成不要命的豹子
扑空后,再去扑空

2020-02-02

对话中的老话

"我和你说件事,那个皇帝让我给你传个话。"
"这是老话。"
"皇帝说你不要老是说自己有两个身体的事。"
"为什么?"
"一天就是一天,不要说成黑白两天。"
"这还是老话。"

2018-11-26

人间旧句

有人用枪顶着我的腰杆，要我俯下身去
辨认出一地鸡毛中的尘与沙
还有更不堪的戏耍
要我使用减法，淘洗出黑炭中
最后的黑
我记忆里只收藏着几具剔除后的白骨
并交给了大地与墓穴
一只盒子里，还留有
母亲死后被我剪下的一束白发
这些都是人间阴凉的旧句
你们嫌弃我每天说出的话还是没有新意
就是不知道，你们所说的人间
最近又出现了哪些新词

2018-03-21

不能说

越活越敬畏,也越用心地把自己交出去
如果把自己收回来,已经无法握紧双拳
"每一片叶子,都不知这棵树
会长成什么脸谱"
正月初五,家人又要去上香,要点是
还要好好地寄存在人间
还要有所不知地,活成不能说出来的模样

2019-02-09

空山

空山不见人。写到此,我便成了一个人
我担当了这陡峭
要代表全人类面对一座大山
证实,我来了,身藏人类最虚空的美意
还要将一个人与一座山妙不可言地好
好得任何人都不知道
其中,那可以挑出来仔细辨认的妙不可言
使万物变轻。那还在人世喧嚣的万般风流
只不过尔尔

2019-06-23

眼神

所谓悲悯,就是李不三老了以后,跟他多年的
土狗,看他的眼神
那里头,全是看不下去的自以为是
慢慢变凉的神的某项指令
未完成的心动(其实是心动过,但仅仅是心动)
这一切,再不能用当年的一场哭,哭过就好

2019-01-08

阅读记

读到英雄要赴死的时候,下一页
被人撕掉了

跳过去接着读,溪流便从溶洞里出来
蝴蝶在回想
丢失的花粉。而小路继续向树林深处延伸

事物本来有当然,但结局被撕走了
黑夜以另一个借口来临,几块桥板
踩下去时是空的
一整页的变故对世界认也不是不认也不是

老虎的叫声从别的山头传过来
这个人的气绝反而多出了无数种方式
不在的文字让松针落满一地
谁去救英雄?均在撕掉的讲述中

这就叫暗中做下了手脚。英雄末路
变成跳出十只老虎
其中某只不存在的老虎,是我放出来的

2019-05-16

断崖处

断崖处的石屋里,住着朱姓人
传说中明朝某逃亡皇帝的后裔
有许多身体,说自己在别处还存放着
另一具身体,收拢着翅膀掩盖躲过一劫
天下的逃遁术精微神妙
经常是保住一人便是保住一国
火海中取一栗与大江上渡一苇
莫过清早睁开眼又摸到了项上人头
"每年有三百种物种灭绝"
且看崖上杜鹃烂漫鸟语花香
像谁一觉醒来,原谅了昨夜一切的离散

2019-05-09

虚假的真实

我一直能写出一种"虚假的真实"
一种你们更需要得到与被迫得到的真实
说到笼子里关的是八哥还是毕加索
一种是我个人化的指认,另一种
依靠集体的眼睛,得到了公认或者证明
两者当中,总有一方"不讲道理"
这只八哥或者那个毕加索,所谓的及物性
趋近真实的手段,总是慢于我的精神指定

2019-02-02

哑巴镇的哑巴们

我没有手艺阻止遍地花开
更没有手艺阻止哑巴镇的
哑巴们,要变成哑巴
他们约好似的从娘胎里出来
就不跟我们说话,好像这头的语言
毫无信誉,如守着一道神谕
心怀苍茫感,不说话就是不说话
想到所有的鸟,大气凛然
无所顾忌地鸣叫,这些兄弟
显然是难以自圆其说的
这也可以归纳,并接近于虚无主义者
使我也成为苦命人中的一个苦命人
—说话也有口吃与口误

2019-01-31

外乡人

老死他乡的人,我向你致敬
你在外头,随便抱一块石头,抱一棵树
甚至是一棵草,就认定了这一生
白云走四方,你活在白云下
波澜壮阔,对你是人云亦云
学狮子吼过几声,身子又缩回成爬虫
神是对的,让你想起爹娘
想起爹娘,远山的山脚下
便冒起了炊烟
你吸引了你自己的身体,成为想家的人
风吹打着斜阳,成为这一生的唯一去向

2019-01-30

再造的手脚

活过四十年后,看啊,世界又要配合它
鹰再次筑巢于绝壁,用一百五十天
重新打造一具身体,先是叩击坚石
废掉已弯得不能用的尖喙
再用新长的,啄出老化的趾甲
有了新爪,又一根根拔去翅膀上那排旧羽片

"竟可以对自己这般做手脚"
说这话的危崖倒立着,并真正被内心整理过
好了,一切又是全新的,新到
发现世界的脖子比原来的短了很多
什么是新叙述,只记得
那么老的身体,又是一座失而复得的花园

2019-01-13

三人颂

抑郁史

一臂之遥,略远点,半醒间,故人浮现

无端的血亲,无端的旧人

一个人的抑郁史挤满老鬼与新鬼

看着几只小蚁钻进树洞

出来时身子已变白,并全部多出了一副翅膀

它们的身体肯定不够用

才要去让人安装了这东西再出来

我的身体同样不够用,我也

需要一对翅膀,用于去一臂之遥的远方

2019-01-03

轻叹一声

轻叹一声,我便有了全然不同的人生
混迹在山间古道上,可以是
虫鸟的朋友,也可以是白云下的王者
对的,我在此混迹,不在你的时间或他的时间里
已脱去人形,被蜗牛甲壳虫等引为知己
庞大的家业在人间是毫无用处的财产,大悲
或者大喜,可能只是遇上一场细雨
跟着万物手舞足蹈,回到另一个次序里
夜里某星宿喊我小名,蓦然地
我在草丛间抬头,另几只爬虫也跟着我抬起了头

2018-11-30

花开的戏法

一日又要开始,戏法不变,小甲虫

又要爬向正在绽放的花儿

行为有些放荡,显得大手大脚

似乎这是花虫界早就有的地图,不这样

虫子们的脚就踩躏不了别的疆土

母狮趴下身体,将散发雌性荷尔蒙的

另一座花园,朝向刚入侵得手的新王

顺从于更强大的一方,也并不是

难为情的事,哪怕你心有不甘

大地收与放的仪式经常是

迫不及待的,甚至明显是一座空房子

总得让路过的那个谁,歇一歇脚

这事唐朝到宋朝也照搬照套

也不细究这是谁的屋檐,权当是处歇脚店

只要花开的声音在谁体内哀鸣

便知道一件铁器插入时所带来的强大凉意

2018-11-13

菩萨蛮

本末有无与玄学之辨中，所谓秘术

不过是私下里偷偷做下些自以为是的手脚

我再也不是随性点石成金的人

被誉为有好几个身影，金子与石头

在市面上已混为一谈，我的指头已被我关闭

也没有什么可作为指鹿为马的第一现场

天公不会说响雷就来响雷

更没有群臣附和，这一说同样作罢

但纸包着火还被我及许多人热衷运作着

花样还不断翻新，光与遮挡

在世上依然是一门可以依靠的技艺

一再被重复的是我的穿墙术

石头里，我每天都能看见人影在晃动

生活中真的有了戏法，一次次

我从天而降，好像这是唯一的出路

需要赢得逃脱，也需要赢得身体与影子相分离

2018-11-09

一些死去的人,还在给我们写信

万物去处如谜,在与不在
有如石子扔进枯井,却传来一只小动物的回声
往与来,道路早已错开,而视力不可及的
那个人,又要来与我们聚首
他像是进村来致敬的,其实是打听
某人的下落,那人已死去多年
生活的叛乱有另一部历法作依据,手上还有
前两天写给他的信件,白纸黑字
"说好要见面的,死人怎么还可能写信?"
类似于争夺灰烬,这便是不可说
及物,与不及物,可谁又能验明正身
他挑明:"这座房子已对上门牌。就是他的家。"

2018-10-25

结局总是潦草的

结局总是潦草的。大到一个朝廷，小到
一条蛇蜕皮时，尾巴一甩一张皮留在了路旁
只有老银匠在骂人，同时炫耀
手上停不下来的活。朝廷草草收场时
是不会去追究谁手上还有细活的
只有银匠骂人后还要继续做慢活
银匠说：约好的，你我都要慢下来，要细，要精
你这一去，只留下我偷偷向自己的手艺致敬

2018-10-06

三人颂

问李不三

你在外风光了四十年,不觉得依然在
坑底生活?不觉得身子依然很紧?依然作为钉
还钉在钉孔中,被自己的命,紧紧夹住吗?

遍地都是井底之蛙,首先遍地都是井和井底
从这个坑到那个坑,是一枚钉拔出后
又被钉进了另一个钉孔,蛙一跳一跳

2018-09-16

仰望月亮是一件形迹可疑的事

悬挂于东窗的月亮,万世洞明的高人

当我有心结,答案是钥匙在这里,门在别处

那一群穷亲戚,狐狸,猕猴,田鼠

穿山甲和屎壳郎,他们一犯愁也举头望明月

心中有爱我已多年不说,也多年无人找我做月老

那个对月发誓的人,形迹更是可疑

我说举目无亲啊,不要再探头探脑了

你的问题与我的一样,都无法被谁摆放到天庭上

2018-09-12

制宜课

翻到农历：七月廿八，宜迎新，忌恋旧
遍地一下子多出了形迹可疑的人
他们出动，握手或者翻脸
许多房门关了，又不放心地留着一扇
大地的开合，让人左右为难
新鲜感一再好，好到可以让人绝望
而死去的人，还活在你我中间
汉子两肋生风，看上去是这个国家的
正面人物，其实也像反面人物
怎么办？与你谈到这些的我是个旧物
身上带着旧地图，既倨傲又圣明
我也不让你跨入我的故国半步
对于时光之物，我的判断力远胜于善良

2018-09-09

一句话

我老婆说,她的某句话,可以让我这辈子
作青草药享用。这我信
青草加药,我早已好上了这一口
同时还信上了山羊的信仰。还研究到
羊为什么喜欢吃断肠草
长着锯形齿,与形似的蕨类叶
在唇舌间的拉锯战。总是填饱肚子再去填天黑
以及,羞于拿排泄物
与大象比。这卑微有点见不得人
显出了小虚无。但又以旺盛的
繁殖力,让大象相形见绌
甚至五体投地。说了这么多,那可以作为
草药用的话,似乎,都与一只羊的掌故与癖好有关

2018-07-26

新学年

怀揣万卷书走向新学年的
孩子中，相信有的也怀揣着刀斧
他们的目的很明确，杀进
黄金屋，抢走那个名叫颜如玉的人
汉字中的金句，就被这无数书生的血气
延宕开来，并有点小隐瞒
在万古长如夜中挑灯走路
走进泥泞，又汇入大路人马
作为过来人，我也写了一些句子
把人事与不齿说得半明半白
还说花样永远在翻新，霓虹志
与小安生井水不犯河水，怀揣刀斧
也志在功成名就，豪夺与
巧取，自古已混为一谈，以便于
把混迹这俩字说得十分安分
在茫茫人海中，不作声，样子却很弥漫

2018-07-13

成都

什么地方好?成都。产小皇帝
但出大诗人。这就够了
地势符合快乐活,安乐死,又有天地游
不操一山一水的心
一转身,桌上的麻将和了
玩乐就是你的大本营
爱出川去的人与爱喝酒的人只好让他当诗人
让他操心宇宙之变,挂念鸣虫口渴
归天空所管的东西,好像
他也有一份。显得好空阔

2018-06-06

语言的另一面

语言的另一面是另一句语言。这一面
美洲虎正盯着对面山岗上的一条大虫
另一面,孟加拉虎在驱赶
同母同父的兄弟
翻覆间,我的高邻是变换的陌生人
而我的嘴唇上,你说的消息
让越来越多的人
靠拢过来,听我说:夺人魂魄的人
正是反穿衣服的那一个。我说时你也在说

2018-05-30

一些心甘情愿的事

怀想一豆灯光下,有人仍在为你
守着一扇门。怀想十年后
依然有人在清明的荒山里哭坟
风雨如磐,海边那块石头
人称望夫石,会突然地抽搐两三下
心甘情愿或者永不回头
并有一只鸟,花一般也叫杜鹃,俗名布谷
又叫子规、杜宇、子鹃
仿佛没有这么多名字,就无法验明正身
它一叫便满嘴流血,一叫便叫断肠
有些至爱,我今生已失之交臂
再不能夜半坐起,写下一封信
地址可能有误,却义无反顾地去投递
或拐了一百里路,专程到另一座城
喝一场酒,只为高兴一下
只有大海知道,自己最深的地方在哪里
这些,已少有人认领与认命
我等待的与你得到的消息已不再统一

2018-05-22

回乡偶书：再致母亲

这是由我说了算的送别。只有我一个人
在这个叫东家头的城门中
恍惚地走进又走出。身边的那个人
有没有已混为一谈，或者
能不能混为一谈，我根本不顾也不管

你在世时，是世上唯一一个
每次都要把我送出城门的人
城内满城人，城外只有一个你的儿子
现在是一双空的鞋，空的肩并肩
自己对自己空对空对接的叮咛，母亲啊！

一遍遍，穿过这城门，再模拟地
由两个人一起走出来
这也由我说了算
有时我就是你，在送那个已经空掉的我
有时是我自己，在送另一个自己

2018-02-23

终于变老

"你变老了！"是的，老
是突然变出来的，一个囚徒终于出狱
终于可以说："你我已经两不相欠。"
炉火里全是炭，认从，接近仁
溪流尽头，见到了四面八方涌来的水
在手上，石头果然
变成了捏来捏去的泥巴
一道神谕一路被我带在身上
现在解开，只有仨字："相见好。"
站在星空下，看到了一盘
棋局，密密麻麻写着我的
残稿，它已经不计较另一旁的谁
还要细看，历经良久的策划
窄门终于打开
并传出了先人的训示："跪下吧！"
感谢你一生经历过的苦难
你遭受的雷声，再不会
拦腰抱住你，那些粗茶淡饭
一直长有眼睛，它们没有亏待你
没有忘记，你抬头间的群峰与苍茫

2018-02-08

左岭

在左岭。却找不到哪里是右岭
可是左岭上的庙门是往右开的
树的长势也朝右边
日头也先从山头的右边升上来
当地人说：妖精都喜欢
藏在右边。我看了看自己的两只手
又悄悄把一只手插到裤袋里
好像那只手也有一扇庙门
和尚在门内念经，妖精被经语
镇压住。当我偶尔出手
便有左右不同的问题把那个谁搞晕
一座岭压在他肩上，分不清
压力来自左边，还是来自右边

2018-01-31

撞墙

湖水是一堵墙,空气也是一堵墙
比如实名的王国维,比如虚名的颜如玉
他们都是只欠一死,只欠一头撞在墙上

也急于转世,我暗暗练习一门技艺
面对一堵墙,它被我越看越透明
只有撞开才有鱼死网破
当谁这样叙述,有什么咚的一声,四下傻眼

这就是穿墙术
以表示,墙之外,还有日月经天与江河行地

2018-01-15

弓箭手

我见过最好的弓箭手是个不完整的弓箭手
只有弓,没有箭。只有
千斤力,没有射出。只有境界
但彻底放弃了目标

我第一次被皇帝的劝告感动了
接近挖地三尺,接近这是
失败的劝告,接近他也好不到哪里去

"我不是射手,只作不射之射"
弓箭手拉满不带箭的弓
当的一声,空中便掉下心胆俱裂的大雁
"我只射空气,不射任何可射之人"

2018-01-22

老皇帝

活到老,活到眼前只剩谁与谁
活到地面越来越小
我越来越大。我像一个老皇帝
坐在自己身体的边上
对自己指手画脚,对身边这人龙颜大怒
动粗口:就是你!败掉了我的大好江山

2018-01-06

听海涛

我知道,那些老虎,那些大象,那些更远处
非洲平原上的狮子,以及
作为小鱼小虾的麋鹿,獐,猕猴,獾,猎狗
活不活都在这片云水苍茫里,听话
与不听话都活在自己的命中
奔突,起哄,结结巴巴或大声喧哗
永远也没有机会水落石出
只有我,脱离出来,听它们一阵阵低吼
沧海横流,我泪流满面,不知怎么是好

2018-02-03

我与那个网名叫时光魔术师的人厮混了这么多年

那天起,他取了这个怪名,那天起
他也开始有了我的名字
一人做事可以一人当吗?那天起
我也开始思考这个问题:当老虎又被叫作大虫
弘一的身后还有个李叔同
便明白为什么许多候鸟在南方是这只鸟
到北方又成为另外物类的秘密
一只鸟被同一场风雨吹打,可以流出
不一样的眼泪。仿佛是
与另个人靠在一起,又相当于
一碗苦药分成了你喝一口我也喝一口
这分身术还包括看住他的种种器官
他的眼睛,鼻子,口臭,有毛病的胃口
铁石心肠成了你的心肠与我的心肠
统一使用与各自为战,像天下合久必分
你看我多出一条尾巴,我看你
完全是被国家划出的另一块地
某个镜像里也有全家福的时候,再多看一眼
又藏有各自的小把戏。这是难题
也是某王朝的两个版本,你的正史与我的野史

2017-12-12

活累的样子

他们先是夺走我手上的大刀,接着

又夺走我手上的木棍

接下来,是一块石头

再接下来,一把沙子也在手心松开

于是我说,我们和解吧

恨你们是没用的

遍地的草木都想帮我打群架

还有那把大刀背后的铁匠,木棍背后的

树,比石头更大的岩体

再不能一数再数了,数也数不过来

遍地的敌人只让我自己

越活越累

与谁搏斗都不值,都显得

正在落入俗套,不起劲

手上的铁器,木器,石头和沙子

有奇怪的光斑,但乾坤朗朗,这些又都是小的

2017-10-31

中草药方

我炼出的丸子，知寒热，平虚实
也在空气中点灯指路
往东或者往西，再高出一尺
你就冒犯了白云悠悠这四字
我再开出一帖，通闭显，辨阴阳
敞开天地间的左门与右门
你不要在身体里乱跑
不要以为你的六腑
就是自己一个人的天国
教你怎么做人吧，这很要紧
认一认你还是不是你自己
再找一找，人间还有没有，你的药

2017-11-01

什么叫手脚大乱

对于一个故事的结构,许多人一辈子
都在手脚大乱中度过
对于搬运粮食的蚂蚁
除了手和脚,还有气喘吁吁
另一些人在空气中刻意做下一些手脚
自身也乱了手脚。让白云变成石头
结果成了跑来跑去的一张床
我动用的是一颗心,他们说一用心就有毒
它看上去是菱形的
放在手里却是失败的面团
每天都像是要出大事。并怎么形容
就怎么变形。我如临大敌
有时最好的手是脚,有时最好的脚是手

2017-10-13

能力

风在山顶做雕塑时,时间言听计从
米开朗基罗的手,罗丹的手,达利的手
统统帮不上忙
那块巨石如花怒放,没有二,只有一
什么叫浑然不做?这就是
有人内心起火,暗中泼墨,跟着云朵
在天上造图形
开与合之间,倒下一碗又一碗内心的彩墨
不是多了,就是少了
另个人对他说:你什么都有,但不会杜撰
不疯狂我也会立即死掉,请支持
这种说法。那年我在玉龙雪山吟诵诗句
为了代表大地的嘴唇
附近一头牦牛抬起头,它有空掉的双眼
难道,这就是没收
牦牛与我之间,永远是对立的单数?

2017-09-25

三人颂

初秋晨起,又听远处送葬声

那边是无限江山,这边是半盏残酒
世事热后又凉,又说谁先谁后,众鸟出没
先就是我先走,后就是你再来
手机里还有许多号码
天明时仍要叫醒外甥上学
门前的彩票店依然人进人出,刚进来的
这个,请出手试一试手气
只有谁在说:先走的人从来为大
他要去入座,你让开,后走的是第二个神

2017-09-02

落草

终于找到神的山坡,脱衣,去形
委下身来,而后,找到自己的根部
终于可以说:天上的雨水
每年给我数颗即可
《本草纲目》可以新添种科
这物种命性偏冷,但没世而名不称
是的,你叫不出我的名字
如今我浑身都是草叶
又被人说,越活脾气越坏
我不坏就没有草性的浓烈
不坏就没有这一说:与草木同腐
腐成大地呢喃又不得不接手的样子

2017-08-31

三人颂

天下多数的字天下人都看不懂

两个握手的人并不是在握手,而是说

你我身体的其他部位

都不便于接触。一树鸟鸣

各叫各的声调,鸟永远说不清的是

树叶和树枝,为什么有的向东

有的向西。都在抚摸的

是一块赌石,里头的玉

看似与你眉来眼去,其实不然

天下多数的字天下人都看不懂

不是我们没字,而是

天光澄明,我们的手

与它身体的其他部位,不便于接触

2017-08-12

晚课

阴雨喜欢夜色与虚空，茶杯里无缘无故
出现了一滴血，同样无理由，母亲的身影
多次地从藤椅里
站了起来，一节一节升高，还有年迈的骨骼声
沉闷地传过来，我赶紧用手去扶
扶住了一把空气
在大约是腰部或手臂的地方
失败变成了一再的坚持
我迎合着她的身子，把手中的空气抓出了汗水
这也是我，多年来经常的晚课

2017-03-15

身体的落叶

身体通向极乐之后,接下来

便是落叶,身体经过翻身再翻身

回想在风中狂舞的是樟树

还是榆树,落叶落在自己的赤身裸体上

死过去又活过来,每次都有

落叶覆盖,似是而非,真真切切

一些树汁留下来的清香

又要接上小鸟回到枝上的鸣唱

清泉滋润过的土地,足以

让一座宫殿停下来,清理它

华贵的多出来的灰烬

世上有那么多玫瑰这刻都不敢吭声

无法辩解变为灰烬的

好处,那气喘欲死与心甘情愿地去死

以及欢乐如死去的真相

暗香从来无袖,权且

来听一听这落叶与落叶之间亲密的呢喃

满地黄叶堆积,无法承认的是

这棵树刚刚吃掉了

另一棵树

2017-03-11

认命

落日,落叶,微风中的鸟鸣,这些都深爱
还深究有洞口的石头,石头边
长着几竿竹子,竹叶朝东几片,朝西也几片
如此这般,这个人肯定已活到中老年
我被问:你招呀不招?
其实,我年少时就喜欢上了这种种
老天早就安排好由谁来害我,消沉我,让我
惊醒时已经来不及
现在好了,你们都如意了,我也只好认下这个命
这很不好。却又不知还有什么好

2017-01-25

海明威删掉的一段心理描写

海明威在《老人与海》里犹豫再三后删掉的
一段心理描写是
鱼只剩下骨架了。反正是一场失败
要不要连自己也跳下去喂鱼呢?
这样,肉身是彻底输掉了,但精神
会获得更宽广的胜利
以后,大海全是血。一个渔汉子永不言败
却也是自以为是的血

2017-01-19

扬州

古人为什么老是要去扬州，而且叫下扬州？

一脚踩去，就踩到如烟如幻的花地

而且要与一江江水一起去

好像不动用一条江，血管里的血便不够用

我就想，当时的孤帆与远影

是哪一种情形？那种人在江风里

大地一再退去，人越走越离开大地的感觉

三月的春风只有两三两

却说江山是轻的，这就叫脾气

什么是一路销魂？头顶的孤雁

才是执拗的家伙，它一叫，像说：我去降生

2016-12-09

戏剧史

八年戏剧经历，只记下若干曲牌，快慢板的
念白，唱夹白，情急处，必须又说又唱
生旦净末丑，形无常形，肉与骨头各有归乡
家国兴替都是分幕的，下文自有分解
命运需要夹叙夹议，拍案叫绝中，才知道
什么叫了犹未了，一阵追心鼓，就会把落泪的人
送上断头台，而慢板中，坏人老是死不了
最难追的是台上人走的碎步，有时
一步算一步，有时一小圈，光阴似箭，换了人间

2016-11-12

群山赋

群山是菩萨,也是一条条自荐的木鱼
有鳞有鳍,拱起背脊,又要拂袖而去的样子
谁在庙宇里当住持,谁又是
把野草作为佛经念成郁郁葱葱的僧众
来一阵雨,群山绿了,转眼又枯了
天地一做再做的事,我们叫保平安
木鱼叫潮退潮涨,有时游得快,有时游得慢
只有江河泪流不止,辗转于不吭不响的时光

2016-10-19

三人颂

我知道大地上的每一棵野草

我知道大地上的每一棵野草,都有自己的
体形,身高,癖好,口感,喜欢在
月亮下或朝露里换装,还知道
一棵草的左旁或者右边,姓李或者姓张
欣欣向荣后,又被牛羊咬掉几口
还被踩上几脚,它们的执念
不容讨论,而额外的天火对此狂笑不已
下一场雨水是经书,咬咬牙,它们
就再活过来,魂绵绵不绝,命有点
太假,它们只认定,这是我的第一天
人间的文字早就厌倦了,烦了,无所谓了
来记录一棵草的前世与今生
只有我记得,死去活来这个词
有多疼,以及,一个人被随随便便
揪住头发往外拽的样子,发出声音的
都是人,一声不吭的,都是草

2016-10-29

追心鼓

在鼓声中它是真正大步流星的那个

具有大爷的心境,计较这

又计较那。作为语言的马蹄

它要在断崖处捞人,巫师那样叫住白云

人心太快,它赶在那个

一去不复返的人到达之前,用大口

大口地喘息,说天雷

正追你而来,你跟我回去还是就此止步

这声音赤手空拳,却正抄起家伙

有人应声倒下

无法捕捉的人太多,但空气中

不依不饶的绳索也太多。抽刀断水

或者隔空取物,都是神祇

附在一张牛皮上的话语,都是

一阵紧似一阵的律令

只有我这个异族人是自我任命的判官

一面鼓可以距人百米之遥

但鼓声所到之处,天雷随即现身

2016-11-13

抽屉里

抽屉里有旧钥匙,纪念币,破损的相册

全然不顾当下是怎样的世情

一张永远找不到当事人的借条

写着汉室与楚界那边一桩事

却回忆不起当中且听下文分解的理由

这里所有的东西已不可能

再犯错误,两张未使用过的邮票

已无须再自作多情地去找谁的地址

时过境迁中有了新成员

一只突然冒出的小蟑螂

正在打哈欠,突然灌进来的光

让它非常不适应,它说了这句话

"昏暗的日子就此结束。"

对不起,打开你们是多有打扰

石头在江底也是有步伐的

在附近,另一扇更大的门被谁随手带上

2016-11-16

树林里

有人从这棵老树上取下了新叶
然后,风声就出现了
附近一只老虎也回到了它九个月大的时候
天是老的,雪花是新来的
将死与新生的,都在暗中排列
它们都不知从前事,但知道
身边的草木姓李或姓张
纠结于这个问题,树林里
这个陌生的男人就是我,来回踩着
地上的枯叶,他想要
也会让自己掌心中长出几株新芽
他年轻时犯过一些错误,他想再犯一些
已经来不及,万物在忙于重生
真的,我就不麻烦谁了
我再生,仍会生错地方,还要占了谁的位置

2016-11-29

三人颂

空气中的小痣

一直在寻找空气中的那颗小痣,在大地
凹陷处的小潭边,也在谁的乳房上
在掌心靠近又缩回的距离中
有时对自己说:你多么放纵,一再地用想象
打听这具身体上的一粒小瑕疵
而我确实已花费大半生的力,想让它
裸呈出来,有时看见一个优美的腰身
我心跳,为的是似是而非的
斩获,向这个身体延伸的视觉
找到遗址、花粉、迷茫及情愿这类东西
故事却停留下来,它依然是别人的
多年来,我拼命向人传达一种
妙想,过往的风尘中,必定有你
想栖息下来的宝物,又主动地
置身事外,在岁月沉浮的零散章节中
察觉这小东西,哪怕是芳草萋萋
虫豸闪现,对我依然是一次意外
它又回到我的手心,作为孤岛
在远离尘嚣的独处,说它还是我的
像一次翻书,迷乱的字虫
有了命中的邂逅,我用凶猛的嗅觉

一口含住它，而一生的经历
在一粒小芝麻以外，全体失败。一个王
得到一颗仅有的谷粒。我又享用了它
痴情再次把人间的秩序弄乱
好了，生活终于有了一个甜蜜的死结

2016-12-03

精神的长相

活在自己的时代里,江山已经适合我
来端详它的长相,一草一木
都源于它经历过的日月光华
以及它的唇形性格,眉宇岁月,心境步履
同样地,我就是这座江山
站姿里的气度,爱过的人,流过的泪
被授予铁心的热爱者,或者
好看的人,为什么不是你?
我是如此深深地爱恋着生养我的这块土地

2019-05-03

人物志

昨天终于得到信息,那几个史上的忠烈
壮志未酬的英雄,都有了今生
关云长在一间铁铺里打造刀具
世上已无好钢,能划开《春秋》里的春和秋
苏武在大学里演示模糊学
问竹与节哪头是哪头非哪节长哪节短
岳飞的工作在海关,俗称进出口
进出的货物,只认图章,凭不得自己判断
三人同时说:在这个太平盛世
终于可以完整度过自己的一生

2016-11-02

每天都像是要出大事

每天都像是要出大事。并无端

心慌，心跳

走近一群正在低声谈论的人，我像个探子

并将这划为危险关系

自拟成你的事也是我的事

我问：出了什么大事吗？

难道现在就要天黑，日影之下

一直是纸包着火？

那个棺材店的木匠，他的工作场所

时显时隐，随口与人说

左三步或者右三步就是死路

当时我正蹲下身绑鞋带

这话却让两边的树安静下来

息声的蝉立即成了路上的一堆石头

更多的人，总是死于心碎

死于大事要来不来之前

你有大野心，我有小担心

我世居于海边，大海并不像你所说的滴水不漏

2017-10-20

怀念手写

再给我手写一封信吧,视同
庄严的产院与己出,视同你的第二张脸
万中无一,近似胎记或者步伐
每一笔的手感,一出手
就是独自的小脾气,显示着,谁都爱
我行我素,但没有谁说这是错的
被你涂改过的,证实雪地上
有人在犹豫,脚印乱了,却有了
第一时间的足迹,该分行的地方
你没有分行,这也好
大珠小珠落玉盘或泥沙俱下
一堆混编的文字更显出果决与声势
某处的感叹号,你特意加重了笔力
神仙在一旁微笑,还有小意外
你手画的一个小表情,促使春风
延长了十公里,接着你落款
有如当面卸衣,让我验明正身
接着你去邮局投寄,那天人间祥好
在你的城市与我的城市之间
有了一次史记般的事件,有体温的事件

2018-02-10

三人颂

又在下半夜,等不到天亮,写诗

有一些事,我已提前做好
穿底下有齿痕的鞋爬山,留一截蜡烛
在枕边,以备夜半停电
可依然不断犯错
鞋经常被别人穿走,有了蜡烛
却没了火柴
人世总像反穿在身上,不合身
擦不亮的夜半,独自摸门,像行者归来

2018-05-16

星空下

坐在星空下一直发呆
想的是,此刻的我最经得起你对我的端详
想的是,天宇寥廓,群星本分
想的是,孤眠正在形成,各有一块床板

2018-12-21

第一句

有人让我有空多看看天空，写不出的诗句
都在天上，那些辽阔的
与白云待在一起的文字，它们是一等的
次之的，是群山的轮廓
打开的海洋，以及草原上的狮群
崇高或气场强大，在文字中属于重金属
可我更多地只能触摸到身边的石头及野草
听到的脚步都有些顿挫，像父母
早些年的拌嘴
有些具体地，谁在说：别走开啊，请写下第一句

2019-04-20